宁芷祺 著

花开锦年

山东画报出版社

插图模特： 李昀袭、宁芷祺

道具提供： 云心堂造办处、畹庐、云心堂传统生活馆、箫鸾

摄影支持： 北京尚澄文化传播有限公司

目 录

开篇

第一章　豆蔻年华　…… 1
第二章　人生伤往事，小草亦悲秋　…… 33
第三章　君柯　…… 83
第四章　琴心结剑胆，寸草报芳菲　…… 103
第五章　晨曦　…… 157
第六章　汉广伊人渺 心香寄远涯　…… 181
第七章　伤往事　…… 217
第八章　忘记　…… 233

番外：时间的嘴　…… 249
勉童的信　…… 253
勉童先生的卷尾寄语　…… 255

芎兰引

兰之猗猗，扬扬其香；
潇潇苦雨，茂茂雪霜；

翩翩君子，佩兰而芳；
采之携之，知子之伤；

知子不求，远送离殇；
贤者何为，吾行四方。

  我们都是只能在黑暗里盛开的烟花，寂寞而孤傲，倔强而脆弱。于三万尺的高空被迫痛楚盛放，瞬间的绝代风华，霎时的绚烂华美，然后，灰飞尘灭；然后，烟消云散。彼此邂逅的意义，或许，只在于交会的瞬间。

  匆匆一瞥，刹那芳菲。

开 篇

"她额间有一团火焰。"

"是一朵兰花。"

"不,那是灾祸的预言。"

灾祸的预言!

我从梦中惊醒,然后便再难睡去。额心有些疼,我忍不住去触碰那朵胎记,它依然静静地盛开在那里。

数不清这是第几个失眠的夜晚了,自从来了这儿,便习惯了这样的日子,虽称不上是煎熬,但也算不得是称心如意。可我依旧日复一日年复一年地心怀感恩,感恩沈家的收留,从一个弃儿到清朝余孽,如今的日子,必然是最好的日子了。

管家沈通一直都记得我第一天来沈府的样子,可是我自己却早就忘记了。

"那可真是大家风范,格格的派头!您额间的那朵兰花,真是让老奴开了眼,天底下竟然有这样绝艳的女子!"他每每提及我刚来时,总如是说。

我只能报以淡然一笑。

国将不国,家何以为家!

格格?恐怕人们早就忘了这个词儿,满大街的新青年。是啊,现今是新世界了,可这新世界里,却容不下一个王府里收养的小姑娘。当年佟王府被抄家,满门死的死,散的散,谁还能记得往日的风光呢,如今只落得唏嘘罢了。

罢了,罢了。

第一章

豆蔻年华

红拂
昔有红尘女,明眸睐布衣。
琴心结剑胆,寸草报芳菲。

这是我来江苏五槐门沈府的第十个年头，我十六岁。

那刻着"允德厥馨"几个字的金匾，依旧悬挂在沈府馨园的采辉阁之中。赐匾的康熙爷百年前便不在了，可金匾依旧神采奕奕，承载着清朝曾有的辉煌。

五槐门以兰名扬天下，兰门沈家以"蜂巧"翘楚于世。江南沈家，已不再是为清廷供应兰草的沈家了。"君不知当朝龙椅坐何人，但须知五槐朝向沈家门。"一个破旧的朝廷落寞了，但沈家，仍是富甲天下的兰门沈家。

那一年，馨园的兰花，开得极盛。

那一年，五槐门的春天，来得特别早，还没到春分，杏花就衰败了。

不记得什么时候，比起每日背诵乏味的英文，我更愿意坐在窗口发呆。本热切盼望着出国留学的心，也突然冷却了下来。

直到沈若鲤闯入我的视线，他的笑，像五月里的阳光，驱赶着我内心的阴霾。他从身后变戏法般地，抽出数枝白的兰花，花瓣上还渗着水珠。我知道，那是他从父亲的馨园里偷摘来的。我们的父亲，爱花如命，在那惘然的年代里，他对花的爱超越了所有。我想，也许那是他与我母亲唯一的记忆了，他用自己的执念守护着已经失去的人和事。

我接过了若鲤的花，长廊的另一头便传来父亲愤怒的声音。若鲤还来不及将花藏起，父亲的训斥和棍棒就落了下来。

那雨点般的责罚，全部落在了若鲤年轻的肩上，也烙在了我的心里。在那个细雨蒙蒙的早晨，我不停地抽泣，直至父亲离开。乌云散去，阳光洒在我们身上，若鲤抹去我的眼泪，拍拍我的头，拉着我去看那雨后的下山兰。

满园的兰花，为我们共同生活的这个沈家大院，增添了许多生机。

兰门沈家，逾百年的名望。

在别人眼中，能进沈家看一眼兰草，是朝圣般的殊荣。而对于父亲，"允德厥馨"几个字却如千金的重鼎压在肩上，他小心翼翼，生怕这荣耀在他手中跌落，打碎。记得馨园采辉阁和幽芳亭落成的那一天，父亲依然把写着"允德厥馨"的这块金匾悬挂于最高处，达官贵胄送来的匾额他一律不要，都差人收进了库房。有人揶揄他，说那康熙爷赐予的金匾是"前朝的恩惠""旧帝的恩典"。父亲淡然地回说："'芝兰生于深林，不以无人而不芳，君子修道立德，不为穷困而改节。'沈门继承的，是兰的君子之风，是祖宗的规矩，是千年来中国人的精神。"

我曾经并不知道兰对于父亲的意义。直到今天，我才明白他面对兰草时的那种热望，如我多年后想念起若鲤时一样的心境。那是来自灵魂深处的爱，是连生命的终结都带不走的感动。

若鲤,沈家的二少爷,他浑身透着一股源于灵魂深处的灵动与透彻。我冷漠、固执,骄傲而脆弱;而他呢,清澈、明亮,如同在我阴晦的生命里,点起的一盏灯。

若景——姚若景。

他是我来到这个大院时,第一个对着我笑的人。他的笑容,多年后,仍是我心中一抹忘不掉的、消逝不去的美丽。

我依然能记得初到猗兰院的那个夜晚,夜风习习,古琴声在寂寥的夜色里显得悠远悲凉。我披着红色斗篷走进院子,沿着抄手游廊顺着琴声所来的方向走去,琴声近了,抬眼见到那盛开的梅树上挂着的白灯笼,灯笼上绘有兰草,并有几行娟秀的小楷。"惯听潇潇苦雨声,忍观草木自枯荣。从来俗事无多问,千里幽香气纵横。"我的话音一落,琴声也骤然停了。我惶然转过头,见若景站在我身后。

"你怎么还不睡?"没有任何责怪,他只是轻声问我。

"我在读诗。这诗是谁写的?"我亦问他。

"是我母亲。"他淡然答道。

"月升哥哥,为什么这里挂着一盏白灯笼?"可这话问出口,便有些后悔,我见他眼中有些悲伤的神色。

"因为今天是她的忌日。"

"月升哥哥和昭忺一样没了额娘,你不要太伤怀。额娘曾经说过,即便有一天她去了,她的在天之灵也会化作兰草的花魂,常陪伴我左右。月升哥哥的额娘,也一定和沈府的满园兰草一样陪伴着月升哥哥。"那时,小小的我虽知自己并不能为他排忧解难,但却真心希望他能快乐。若景看着我,突然莞尔一笑。

"人生去去留留,相逢便有离别时,自古如此。昭忺说得对,她一定还在这里不忍离去。十三年了,每年她的忌日,我都会在这棵梅树上挂一盏白灯,灯上有描摹她的画与诗。只盼望她的魂若归来,也能找到家的方向。"若景叹息,见我泪眼婆娑,忍不住笑道,"你还是个孩子,我和你说这些做什么。"

"如今只有玉姑姑和月升哥哥是我最亲的人了,月升哥哥是我的家人,自然是想说什么便说什么,如果对家人还不能袒露心怀，月升哥哥还要昭忱有何用？昭忱年纪虽小，但愿做月升哥哥的知心人。"我认真的样子让他感动至极。

若景行于梅树下，见梅花上落着点点白雪。他折下盛开数朵的梅枝，转过身来，将手中的梅枝递给我。

我接过梅枝，仔细端详，见梅花芯中点点白雪，十分孤冷，也分外娇美。"这梅树上的雪有何独到之处？"我问他。

"明月愁心两相似，一枝素影待人来。昭忱妹妹的一片心意，好似这梅树上的雪，月升需精心珍藏，从今日起，也定会为了你做一名全天下最好的兄长。"

"全天下最好的？"我诧异。

若景郑重点头，盟誓一般。他抬头道："天色已晚，回去歇息罢。"

我转身向来的方向而去，几步一回头，见若景一直站在原处目送着我。我停住脚步，回首问他："月升哥哥，怎样才能算是'全天下最好的'？"

若景微微一笑，没有回答我，只是摆摆手，示意我赶快回房。他站在红梅树下，笑容融合着满园的雪与月色，凄然而美好。

若景十岁之前是没有见过父亲的，父亲在他出生前便去了北平，而后，再也没有回过五槐门，直到若景的母亲姚景珍病逝。后来，若景倔强地随了他母亲的姓氏，决不姓沈，也许他想用自己的方式回应父亲留给他与母亲的伤害吧。然而，这种近似"任性"的报复，是把双刃剑，他自己也同受其害。

若景对父亲很尊敬，那种尊敬，透着一丝礼貌的陌生。

我本以为若景是一个古板又守旧的人罢了，我本以为他不喜欢与人太过亲近罢了。

若景也种兰草，但花开与不开他都是不在意的。对于不开花的兰草，他依然每日悉心照料。他的所有情绪，快乐也好，哀伤也罢，都留在寂静如水的夜色中。他与我同住猗兰院，每晚回响在猗兰院的琴声，便是他的所有。

直至父亲的三十岁寿辰那一天，我才知道，若景的心里也有在意的东西，那些他在意的情感在外人看来，如同天空的一抹云，轻轻淡淡，仿佛一会儿就会散去。而在我眼里，这些思绪却结成了水滴，化成了雨，洒向大地，冷在若景的心里。

父亲的寿诞，在馨园的采辉阁举行。馨园与沈府的宅院相连，其间有一条竹林幽径贯穿两地，布局与建筑都极为精湛。我生长在北方，被抄家前的王府，虽然囊尽了天下的珍奇异宝，建筑上也精取了能工巧匠的拿手技艺，但依然不能与江南的园林相比。这里的园子处处是景，什么季节种什么花草，什么种类的花草点缀在哪条游廊的拐角，乃至紫藤凌霄盘旋而上时该朝何方攀缘，都是经过巧心设计的。园中每处景色又都有不同，馨园园中分为四部分，东部以建筑住宅为主，中部为山水花园，西部是土石相间的巨型假山，假山上树木林立，亭台楼阁样样不少，北部则是田园林木风光，父亲那百亩绝品的兰花即开放于此处。馨园中区的东南地带开凿了水池与私湖，北边有一条天然的溪水，名为甘露溪，与五槐门城东的塘河相连。西北地带堆筑假山，游廊和爬山廊成为贯穿全园的外围廊道。至此，馨园形成了南厅北水、

豆蔻年华

隔水相望的布局。池西山上的采辉阁，则是每年沈府宴请宾客、谈诗作赋之地。

　　大寿那一天，宾客与欢乐充满了这个平时很是空旷寥落的大厅，若鲤的母亲林冯萍温柔地依偎在父亲身边，父亲用宽大的手掌抚着若鲤的头，另一边携着若景。若鲤的眼睛里，是家庭的幸福。若景，却有一丝难掩的落寞。而那些落寞与孤独，在林姨外甥女何羽芝的心里，是一名英俊男子的独特之处，也是迷人之处，是一种模糊却令人神往的美好。从这时起，何羽芝爱上了若景，这爱情如洪水般汹涌，吞噬了她情窦初开的少女心，一发不可收拾。以至于后来，即便明知是飞蛾扑火，她也要拼尽全力，不虑对错。

　　也许，这便是女人的爱，无所谓对错。如母亲，如何羽芝，如林冯萍，如沈婉彬，如邱悦行……如我。

　　寿辰上，若鲤因为和王市长的公子王耀斯曾经有过不快，父亲当着王市长和众亲友的面，严厉地批评了他。那次不快是因五槐门丝绸庄老板邱先生的女儿邱悦行而起，恰逢邱先生来表达感谢，他一边朝王市长点头行礼，一边私底下悄悄告诉父亲：那日若不是若鲤帮了忙，悦行定会受王耀斯欺负的。可父亲认为是若鲤跋扈犯错，定要惩罚他。

　　若景从月洞门处走过来，谦和地一笑："邱先生，您好。"他向邱先生行了礼。

　　"沈大少爷，你也好啊。"邱先生老派地回应，他是一个慈祥而软弱的人，林冯萍常说像邱先生这样的人都能做买卖，若不是运气好，就是祖上积德。我想，或许是因为善良的邱先生给自己带来的福气吧。

"您客气了。辰溪布庄的丝绸,前些日子沈府调了一批来用,月底一起结账,连同下个月的,会一并支付了。"若景依旧谦和有礼,他没有看若鲤,只是抬眼望了望父亲,父亲耷拉着眼皮没有回应,嘴角带着一丝说不明的笑意。

邱先生倒是实话实说:"大少爷您抬爱。辰溪布庄也算是五槐门的老字号了,我们邱家世代经营,到了我这里则是苦心支撑,若不是沈府帮助,我邱家的这份家业,早就不在了。"

"辰溪布庄是邱家祖上的产业,邱老太爷可是江宁织造出来的。我们只是略尽绵薄之力,是邱老板的生意做得好。"若景说完,才转向若鲤,低声叮嘱他,"勉童,快去,林姨找你。"

"啊?哎,哎!"若鲤站在一旁,似乎了解了大哥的心意,满心欢喜地跑开了。我见他朝这边跑来,便忙躲开,谁知他三两步就来到我跟前。

"哎,昭忺,站住!"他似乎猜透了我的心思,"我刚早就见你从猗兰院过来,这套衣裳可真美,月白和鹅黄二色与你最为相配!哎,你手里的是什么?"

他说着,要来抢我手中的锦盒,我忙着躲他,轻身一闪,竟脚下不稳,急急地向后倒去。若鲤探手扶住我:"怎么,你躲什么?"他的眼睛盯着我,却越发让我难为情起来,我只能用力地将他推到一边,掸掸身上的褶皱,不再理他。

"为什么躲我?"他依旧穷追不舍。

"给父亲贺寿的礼物。"我低声回答他。

"是什么?我看看!"

"既然是给父亲的,就要父亲先看,和你有什么干系!"我冷冷地说,转身要离去。可是他却从身后拉住我的手。

"昭忮,你看到大哥了吗?"他身子往侧边一让,露出身后院子里还和众人寒暄的若景,我抬头一眼,看到若景嘴角噙着温柔笑意,远远注视着我。他见我也在看他,便辞别父亲与邱先生,朝这边走来。

若景对我,似乎倾注了他对亲人所有的祈望与情感。我永远都能记得他把我从京城接到五槐门时,说过的话。

他说:"我叫若景,字月升。以后你便是我的妹妹了,我会为你做一个全天下最好最好的哥哥。"

那时的月升哥哥,笑容灿烂。

我那时并不知道,"全天下最好最好的",是有多好。如今我才懂了,"最好"的意义,不是长相厮守,不是白头偕老,而是"我抛弃一切,纵然万般艰难,也要护你周全"。

也许,孤独的人都是如此吧。

我总是想得太多,以至于我认为若景那忧郁的神情似乎是在提醒我,提醒我是多么不堪,提醒我踏进这里的那一天便身负谎言。我不时告诫自己,在这沈家大院中,不能放肆,快乐的生活与我是两条并行的铁轨,永不能相交的。也许,我便是孤独的人,孤独的人,总是把自己放在受伤的位置上,明明是自己撕裂旧伤,再躲在角落中舔舐,明知这会痛,也没人懂,却又偏偏要如此。

豆蔻年华

这沈家大院中，也许都是孤独的人。不，只有一个人不同，那便是沈若鲤，他总有理由让自己快乐，在他心里，做任何事的标准不是值不值得，而是他愿不愿意，高不高兴。他不种兰草，说起兰草来却头头是道，当然，这也是父亲最厌烦他之处，斥他"眼高手低"。惠兰、春兰他都不喜，偏爱素心的兰花，还狂妄地自诩"古有太白今有勉童，心素矣"。

午后的阳光，难得照耀进我的屋里，连绵的细雨天仿佛要结束了，英文似乎也没有那么枯燥，天气总是能适当地影响人的心情。院子里的草坪在阳光下更加鲜艳亮丽，我坐在窗口，看着大妹婉榕穿着红裙子走出了大门。她那一身红色在满园绿色的衬托下，格外刺眼。在走出门的一刹那，她回过头来，冲我嫣然一笑。当我抬起手，她已经转身走出去，钻进了若景的车里。今天是婉榕第一天去学校，若景亲自送她去，也算是对她的选择的一个支持，全家人都反对她去学堂读书，只有若景默默投了赞成票。而我，在这种需要表明态度的场合里，是不能出现的。我虽然姓沈，可我知道，我不是沈家人，也没有资格去议论他们的家事。为了这一天，婉榕与父亲争论了很久，她想在外面的世界里驰骋青春，放飞她埋藏了十几年的梦想。

婉榕是若鲤的亲妹妹，是父亲和林冯萍的女儿，她还有一个双胞胎的妹妹，名叫婉彬。

婉彬与婉榕是完全不同的。婉榕外向活泼，激进向上；婉彬却内敛沉静，传统保守。

载着婉榕的车子已经走很远，我茫然地朝窗外挥挥手。

"昭忱，沈——昭——忱！"若鲤打断了我的思绪，他站在我的窗下，雪白的西装，映衬着他年轻的脸，他扬扬手中的两张纸。

"什么事？"我装作漠不关心。

"今天宝丽剧院有音乐会。妈给我的票。"而后他又压低了声音，"走啊，我带你去！"

"林姨……知道吗？"我有些担心地问，林姨是若鲤的生母，是若景与我的继母，父亲的第二任妻子。若景的母亲，是父亲的发妻；而我母亲，是父亲的初恋。这样的关系，在这个大家族中其实并不算多乱套。林冯萍对我和若景向来是不甚喜欢的，若鲤却毫不在意他母亲的喜好，与我，与若景，都相处得格外亲密。

我看着若鲤，无奈又感激地笑了笑。

"没关系。"他也笑笑，"给我的就是我的了，我愿意带谁去就带谁去，谁能管得着！"他笑容里满是得意，是他这个年纪该有的轻松与傲气。

他和我不同，和若景也不同。

我也不禁笑了。我们都是孩子，年轻的心里，似乎永远藏不住心事。快乐与悲伤，只有淋漓的奔放，才能绽放生命里的青春。

而如今，我才知道，许多快乐的童年其实都是一颗忧郁的种子，在成年后的内心深处开花结果。

音乐会，其实对于我们十几岁的孩子来说，是听不懂多少的。而若鲤仍尽量装扮得很理解的样子，端坐在我的身边。

我们遇见了很多父亲的朋友，他们惊讶地看着我们绅士的坐姿与态度，却不知道我们内心的惶恐。音乐会在我们的紧张中结束了，散场的一刻，若鲤拉着我的手逃离了现场。直到马路上看不见其他的宾客，我们才松了口气，步子也慢了下来，不约而同地大笑，又不约而同地收住，四处察看着有没有异样的眼光在观望着我们。

"勉童，你听懂了么？"我问他。

"嗯，"他想了想，笑了，"你呢？"

"我懂。"作为姐姐，我不愿意服输，昂头回答他。

可若鲤却很怀疑地"哦"了一句，然后绕着我转了一圈，好似要从我身体的某个角落里发现我撒谎的本能，然后，他抵近我的脸前来，看着我的眼睛，问道："真的听懂了？"

见我没回答，他便独自向前跑了几步，回头朝我喊："我一直紧张自己是不是符合听音乐会的标准，所以什么都没听到就结束了。那交响乐从我左耳朵进，右耳朵出啦！"说完便咯咯大笑起来。

于是，我也笑了。

当我与若鲤抵达家门口的时候，晚饭似乎已经结束了，气氛异常沉闷。我与若鲤小心翼翼地走进门，若鲤惶惶不安地看着坐在沙发上的父亲的脸色，似乎预感到了什么。

父亲看到我们,没有说话,只是直走上来,"啪"地给了若鲤一个耳光。那声音亮得很,震得我脑里嗡嗡作响。

林姨哭着上前来护住若鲤,从她的泪水与话语里我似乎知道,婉榕出事了,因为一场车祸,使正值豆蔻年华的她过早地离开了人世。今天早晨,是我最后一次见她,她飞扬起的裙角,那抹刺目的红色,如她的鲜血一样,刺痛了我的眼,也刺痛了若景的心。他默默跪着,一言不发。

若鲤挨打的原因,只是因为我们俩是家中最后得知此事的人。父亲的悲痛,使他不知该将这掌掴在谁的脸上。我第一次感觉到,父亲对我们似乎是公平的爱。我看向若景,他低着头,泪水与汗水湿了一地,他似乎跪了几个时辰,或者更久。

"还疼么?"月光下,我轻轻触碰若鲤的脸,他下意识地躲了躲。

我想,若鲤虽挨了这一巴掌,但心里是不苦的。若景的苦才真的没有人能体会——他什么都不说,把这一切都埋在心里,等着时光去腐烂那些令他心痛的记忆。

若鲤摇摇头,抹了抹泪水,我知道,他的眼泪是因为婉榕,而不是因为父亲的那一巴掌。

我告别若鲤,走回我的猗兰院。

月光下的若景独自站在院子中,他的背影更加苍凉,更加悲伤了。我尽量躲避着他的眼睛。自责的心与失去亲人的痛,让他整个人都陷在自己的思绪里。

我害怕成为若景的拯救者,也害怕根本拯救不了他,反而让自己陷了下去。

肆

　　长廊，重新被父亲漆过，那鲜艳的红，就如那年我刚进沈家大院时一样的颜色。通往馨园的路，父亲差人装点上了白色的围栏。这条路，我与若鲤不知道走了多少遍。婉榕的身影，时而浮现在我的脑海里，竟然是那样模糊。只有在看见她的胞妹婉彬的时候，我才能想起她的模样。我想，我们之间的感情，只是她走那日，最后对我的笑容吧。不得不承认，对于这个家，我从一开始便没有倾注我所有的情感。回忆起婉榕，我心里只有苦笑和无尽的悲伤。

　　我记得父亲寿辰那日黄昏，夕阳在乌黑檐角上晕成一片生宣上的赤红，前庭客人寥落，我被五槐门几位太太拉住寒暄了几句，再回看去时，若景早不在原地了，我心中忽然生出一点茫然，竟不知该到哪里去。想到馨园的兰花应该尽数开了，心里想着看花也是好的。刚过了猗兰院，便看见何羽芝笑盈盈地站在月洞门下，正同一个人说着话，那人背对着我，尽管看不真切，但我知道那是若景。他的背影笔挺颀长，在斜垂的暮光下有一种孤单的错觉。何羽芝笑意盎然地正同他说着什么，她对若景有着什么样的感情我清楚得很。我悄悄走开，全然当作什么也没有发生。

皑如山上雪，皎若云间月。
闻君有两意，故来相决绝。
今日斗酒会，明旦沟水头。
躞蹀御沟上，沟水东西流。
凄凄复凄凄，嫁娶不须啼。
愿得一心人，白头不相离。

若不是情到深处难自禁，又怎会百转柔肠冷如霜？

若景那份沉重的哀愁笼罩着我们的心，婉榕的死使他更加沉默。他如一个幽魂一样，偶尔出现在人们的面前，又匆忙躲开。他苍白的脸与深邃的眼，让我觉得惊恐又心疼。每当夜深人静时，我总是能听到他那哀伤而孤独的琴声。

这一夜，那琴声又慢慢沁入我的梦中，使我醒来后便再也无法睡去。

这使我想起了母亲，那个美丽高傲又单纯倔强的人——佟栩夕——一个拥有光芒的女人，那光芒让她坚强，也让她脆弱。

在我年幼的时候，每当夜晚静谧得让我害怕，她会用故里的歌谣让我安心地睡去。而我对她所有的记忆，也逐渐在时光中淡去了。她在我六岁那一年离去，并用一封信将我送到这沈家大院。这里如此陌生，没有儿时记忆中的宫楼与风筝，只有这满园兰花和某些阴阳怪气的人。

林冯萍自然是不喜欢我的。从我踏进这里起，她便用一切机会宣告她才是这里的女主人,她视我如仇敌,或者说,是她仇敌的女儿,因为在父亲心里,最爱的女人只有佟栩夕一个。她从不知道,父亲还有我这样一个孩子。她常常在茶余饭后对婉彬和若鲤这样揶揄:"你们可都是我怀胎十月生下来的。勉童,婉彬是你的亲妹妹,你怎能整日里胳膊肘往外拐?若景不知礼数也就罢了,吃里爬外的事情,我们沈家有一个人做就够了。"

然而,我比谁都清楚,我根本不是父亲的女儿。我不过是母亲从街边捡来的,在她大发善心之前,我随时可能成为北京城里一具小小的无人问津的尸体,然后,会被当作垃圾扔在城外的某个角落。对母亲而言,我和解佩梅是她离开王府那些熟悉了半辈子的生活后,唯一的精神寄托了。

母亲待我的好,我永远记在心中,也只能记在心中了。

人世间最苦的事并非生、老、病、死,而是带着遗憾,将心里的期许和梦想都带进黄土里,埋在深深的地下。我没有机会报答她的养育之恩了,只能用生命去呵护她用生命来爱的兰草。

林姨对若景的怨,久而久之成了一种习惯。若景难得出现在家人面前的时候,她总要凄楚地提起婉榕,她因为若景一个难过的神情而欣慰着。

父亲,对这一切置若罔闻。

日子就在这样的沉晦中度过,我们渐渐长大了。

午后的阳光,明媚地照耀着我的窗子,我对着窗下的若

豆蔻年华

鲤微笑。他似乎总是"偶然地"出现在我的窗前。那份隐涩的感情,慢慢让我觉得美妙又恐慌。

我们同年,他年轻美好的心,让人不敢接受却又不忍拒绝。我知道,他与若景,是不同的。他与我,也是不同的。

我们共同走在馨园中,那些兰草随风摇曳,暮春季节里的蕙兰已经尽开了,扶杆而绽。蕙兰总是极尽茂盛的,如同这个充满希望的季节——暮春,炽酷夏日即将来临,那是燃烧生命的时刻。我们拼劲最后的力气,在夏日里灼情奔放,不去想前途里还有秋季的萧索悲凉。蕙兰的兰膏也是制作兰香草丸的材料之一,如今正是采膏的好时节,我从随身绣囊中取出羊脂玉瓶。但采集兰膏也并非易事,需要静心静气,既要取我所取,又不能伤了兰的根本,兰膏如露珠般集结在每朵兰花之下,芬芳无比,却也晶莹而脆弱,一个不小心,取了兰膏,兰花便谢了。我仔细端看每朵兰花下的兰膏,若鲤站在一旁若有所思,待他正想说话时,却听见来了脚步声。

父亲带着邱老板和一位生面孔的先生进了馨园。三人边走边说,谈笑甚欢。若鲤见是父亲来了,欲脱口而出的话便也硬生生咽了下去。我们离他们不过十几米远,想是父亲甫一进园子便见着了我们,但他没让我们过去,只是转回头又朝那二位说着什么。他们往这边而来,我听到邱老板称那位面生的先生为"秋山先生"。

秋山,是日本人的姓氏,想是日本来的一位客人。

那位秋山先生一边说话一边鞠躬,仿佛不这样他便不好意思开口聊天似的,这是日本人的习惯,然而他内心是否也这样尊敬父亲，想来也只有他自己清楚了。

"秋山先生，你看这满园的兰草，作何感想？"父亲笑问。

"这……"秋山先生略做思忖，道，"我知中国兰草的种类繁多，也曾有幸拜读过沈公与沐公同撰的《兰谱》一书，书中所言自清朝初年便销声匿迹的陈孟良、蒲统领……还有佟王府闻名于世的解佩梅，都是我等日本爱兰人所不曾见，如今这些兰草都在馨园，可不知……"秋山见父亲脸色微变，忙又解释道，"《兰谱》一书得在下夫人所赠，夫人陈氏曾是佟王爷的远房表亲，该称佟王爷一声舅父的。"

父亲未说话，只微微一笑。邱老板却有些难为之色，他咳嗽了一声，道："逝者如斯，逝者如斯啊。"

"我读《兰谱》，心中早已对沈公充满崇敬，想求沈公这馨园中兰草，可千金购之。我希望兰门之兰，可绽于我日本岛中。"秋山先生再次拜道。

"兰草落于馨园，便不会再流于买卖。虽沈氏得'兰门'雅号，人称天下之兰草皆在此园中。既是天下之兰草，则天下皆有之。秋山先生可去外处寻寻。"父亲言语虽客气，却也是婉拒了秋山的请求。

秋山了然，遂又拜道："能一睹兰门沈氏的馨园之风采，是秋山之幸；而兰草生于沈公的馨园，也是兰草之幸。"

"秋山先生！"父亲又笑道，"馨园兰草不流于市，终是我个人的一腔情怀罢了，与兰草价值几何毫无干系。前有林公梅妻鹤子，吾辈不敢自比，但花木有情，胜似亲人。"父亲略做思考道，"同是爱兰人，因爱兰而有缘于此相识，我可以送秋山先生一株兰草作为见面礼,请。"

秋山先生听闻,满面欢喜,邱先生也十分高兴。三人笑罢,便举步往那幽径深处而去了,只留我和若鲤相对无言。我们一前一后出了馨园,一路上谁也没开口说话,待我到了猗兰院的门口,他才不舍地挥挥手:"暮春还寒,多添件衣裳。"

他离去时,那身烟白色的学生装,在我的脑海里渐渐模糊,可那话却依然在耳畔回响。

绿意盎然,然,暮春还寒。

伍

庭前一夕雨,
瓦上万芳春。
夏暮燕鹊去,
秋尽草木深。

秋意乍冷,天际一轮近圆的月亮。

中秋,即将来临。

馨园的寒兰盛放,可今年的沈园却没有戏可看。

月光透过雕花的桃木窗洒满整间屋子,坐在窗前,正能见得窗前那熟悉的身影。而若鲤此刻,却靠着我窗下园子里的那棵老桑树,浓密的树阴遮住了他的神情。

若鲤等着我,而我等着若景的琴声。

父亲似乎看出了我们之间那份隐晦的不同寻常的感情。在某日晚饭后,他把我们都叫到他的书房去。

我走进书房,见到的是父亲面向窗户的背,那背影修长地在我眼前展开。我这才觉得,这背影如此熟悉,若鲤与若景的背影都与父亲太相像了,母亲是否也这样眷恋过父亲的背影?我想象着母亲那望眼欲穿又倔强无言的模样。

父亲坐下来,打量着我们三人。那架圆圆的眼镜后面,是让我们猜不透的智慧与思愁。

半响,他慢悠悠地开口。

"你们都长大了,"他突然感慨,"若景已经二十六岁,昭忾十六岁,若鲤,你……"

"我也十六岁。"若鲤赶忙说。

父亲抬抬眼,看了看若鲤,并没有说什么。

然后,他看着若景:"我像你这么大的时候,你已经六岁了。"

"但始终没能陪在父亲左右。"若景淡淡一笑,那笑容里有许多的含义,他最终将笑容收尽在一丝苦涩的叹息中。

父亲亦笑笑:"后来你长大了,我给兰花浇水,你就跟在我身后,十六岁那年,你还特别地跟我要了一盆春兰绿云,后来,你把它种在哪里了?"

若景低垂眼帘,没有回答。因为他把那盆兰搬到了我的房间里,若景说这样我就可以每天都看到馨园中最美的兰花。

但那花盆,后来被若鲤故意摔碎,花儿也枯死了。

父亲拍着若景的肩膀:"你是沈家的长子,你继承了我的一切。你的幸福，也是沈家的幸福；你的未来，更是沈家的未来。你们都长大了，每个人的心思自然不同，我平日里虽不说，但也略知一二。月升，你心里可有心仪的女子？"

若景没有回答，他平静的脸上带着不祥的预感。

"月升，芝儿与你也算是青梅竹马，自小一起长大，她对你的心思，你可知道？"父亲说得云淡风轻，他的眼睛依然注视着我们每一个人。其实他不必说什么，也不必问什么的。

我们都心照不宣地知道父亲接下来要说的到底是什么。父亲之后的话，我都没有听进脑子里去。我看着若景那张阴云密布的脸。他一言不发，静静地站在那，像一座雕塑。

就这样，若景要成婚了，猝不及防。

成婚的对象，正是林冯萍姐姐家的女儿——何羽芝，她的父亲是江南小有名气的艺兰名师，与兰门沈家，也真正是相配的。她如愿以偿，却也有人肝肠寸断。人们都说，她是五槐门年轻女子中最美丽的一个，她对若景的爱，我是知道的，父亲和林姨也是知道的，而若景是否接受，这并不重要了。

父亲书房的一席话，也是对我与若鲤说的。他仿佛在告诉我们，我们在场的每一个，最终都会有自己的归宿。

沈家，人来人往，我终究是要孤身一人了。

因若景要成婚了，这沈家大院里，一下子热闹起来，这种热闹，与人多人少其实并无多大干系。那些平日里一张张阴晦的脸上，抹上了一层别样的喜悦神色。每个人都在忙碌着若景八月十六那一天的婚事。就连父亲，也好久

豆蔻年华

没有去馨园。

园子里的草,如我的心一样,杂乱地布满每一个缝隙。

人们都在数着月亮圆的日子,除了若景。

也许,还有我。

陆

舟,自由地漂在灵溪的水上,渐行窄溪中,船家摇起橹,欸乃欸乃。

前方是白露湖。

记得上次来的时候,正值春日,湖四周的芦花仍在苞中,若景还说,到了秋日,周围芦花似雪,迎风招展,大家再来,那才是美景。这话,想想已是一秋之前的事情了。如今若景正坐在船头,出神地望着天际,思绪想必已经飘远了,那些话,也许他早已不记得。舟荡进芦苇中,苇深处,忽有白鹭惊起,一飞数只,盘旋于蓝天之中,划着优美的弧线。

这可是我们最后一次游灵溪?我心中忧愁,忍不住看着船头的若景,婉彬却拉拉我的手。

"昭忾姐,你可记得这首词?"

"嗯,什么?"我缓过神来,问她。

"溪影连云,林光罨画,极望乍疑无路。乌篷一叶信樵风,溯明澜浑忘修阻。湾环缓度,悄惊起圆沙宿鹭。碧山回,爱参差花港,曲穿村坞。耽幽趣,渔弟樵兄,总傍萍洲住。"

阴阴桑柘绿遮门，漾炊烟渐迷香雾。"她笑望着我。

"冰梅万树，想红萼春时初吐，悔尘踪迟向芳源问渡。"若鲤在一旁轻声诵着，他闭着眼睛，仰头躺在船板上，手中拈着一朵芦花，那芦花随风悠然摆荡，在阳光下泛着金黄。

"月升哥哥，你还记得吗？"我看着若景。

"记得。六年前第一次来这里，我教给你们的就是这首，没想到，勉童也记得。"若景淡然一笑，他嘴角上扬，眉目清澈，温和的目光似把一切都融化，而那笑容在夕阳的余晖里，竟然带着一丝决然的美感，他脸上的光是柔和温暖的，而那些温暖和柔和，却来自于他冰凉的内心。

一片叶子飘落我的裙上，若鲤把它拾了起来，放在眼前仔细地端详着。然后，他慢慢将手中的叶子放入水中，目光随着它飘远，才抬起头。"有些事，六年、十年、三十年，乃至一辈子也会记得。有些事情，却转瞬就会忘记。"

"希望明年春天我们还来。昭忺，你说会吗？"沈婉彬期待地看着我们。

我点点头："也许。"

同是这溪水，同是芦花似雪，同是这泛舟的人，心境却全然不同了。

"昭忺，我希望你开心，也希望大哥开心。你们的手我握得住，就不会松开。"若鲤轻声说，他的声音很轻，如羽毛般拂过我的耳际，他合上眼，重重叹了口气。

八月十六若景成婚，八月十五是若鲤的生日。

然而，我却把他的生日给忘记了。

虽然我早就找了工匠,订了一对檀木盒准备送给他,并转了整个五槐门,让珠宝行里最灵巧的师傅镶嵌了兰花玉雕在盒盖上。我如此费心费神地备了这份礼物,可竟然把他的生日给忘掉了。

这一切只因为,若景要成婚了。

我每日都坐在回廊,若景如躲避瘟疫一样躲避着我的影子。

当月亮升起的时候,我终于在馨园的石凳上,看到了若景。他的琴声,在寂寞的夜里,给整个馨园笼罩了一层化不开的凄凉。

"大哥,你的婚事准备得如何?"月光洒下,我穿着他送我的那条淡蓝旗袍。

他看我看得出神,眼睛里被尘埃染了颜色般,让人看不清楚里面的世界。前院喧闹的中秋戏声也无法淹没他的沉默、他的哀伤,以及他内心那无法掩藏的秘密。他拥住我,轻拍我的肩膀。"昭忺,我会为你做一个全天下最好的哥哥。"他苦笑,眼中映着天幕里皎洁的月,没有泪光,却闪烁着无尽的悲凉。

他能做的,也只有如此了。

当我们携手来到前院的戏台前,若景在若鲤惊讶的眼神中,忙松开了我的手。

我轻叹,启唇一笑。

我们心里那些完不成的理想,似乎注定了我们三个一生的曲折离别。

豆蔻年华

我坐到若鲤的身边，我们的眼睛，都直视着那绚烂的舞台，但却清晰地感觉到各自的心距离那戏台甚是遥远。

不知何时，戏台上演起了断桥的生死别离，青衣的悲切，仿佛注入了若鲤的心，他转过头来，看着我，许久，突然问："如果有一天，我死了，你会怎样？会思念我吗？"未待我回答，又释然般叹道，"孤独一人地来，终究是要孑然一身地去，赤条条了无牵挂。"身旁的小妹婉彬看了他一眼，笑道："二哥又看多了那些胡乱文章。戏文里那痴狂人物的话，真是信不得的。"

我苦笑。

生命是如此脆弱，轻轻一碰就会溃散，如婉榕的死。

生命的逝去，比满院的兰花的凋零还要残落。

满台喧哗的戏，不知何时开始，何时结束。

我们迷茫的情感，不知何时拉开的帷幕，又不知将在何时落定尘埃。

第二章

人生伤往事，小草亦悲秋

新津胭脂
胭脂才一点，春色满枝头。
空谷佳人隐，嫣然笑许由。

壹

若景的婚礼热闹非常。

林姨说我不该参加婚礼,因为我是外姓人,父亲默许了她的无理。我从窗子里望见一身绸衫、骑着马的若景由远及近,他背脊僵挺,目中空空,毫无欣喜之色,哪怕是悲怆之情竟然也没有,仿佛那熙熙攘攘的人群,呼天抢地的锣鼓,铺天盖地的红绸……都与他毫无干系似的。

若景,纵使在这样的时辰,也依旧从容沉缓。一踏出门槛,他突然昂首看了看天,光从云层中透洒下,形成独特的光线。

若景似乎想苦笑,但最终那张苍白的脸上还是了无痕迹。他缓缓地引马向轿子那方移步而去,轿子里面坐着要同他共结连理的女子——何羽芝。

若景又将如何待她呢?会如待我一样,不顾一切地呵护她的周全吗?何羽芝呢?她也能如我这般懂他的痛与愉悦吗?她也会眷恋他在夜色里的琴声吗?

我不禁悲从心生。

他面容极为淡定,牵着那即将成为他妻子的女子的手。

父亲第一次没有责怪我摘来满捧的兰花,这一捧朱砂兰,红得发紫,而若景如同是我心口的朱砂痣,点在心头,永世难忘了。父亲的宽容让我愧疚。我掠过林姨责怪的目光,失神地站在人群中，眼睛随着那女子的脚步而动。她的绣花鞋底，走在清砖地面的每一声，都刺痛着我骄傲的心。我难过地扭过头去，不料却迎上了若鲤的眼。他看着我，久久地看着我，那双眼睛澄澈而真实，似乎要将我心里埋藏着的卑微看穿一般。

我突然有些恼怒。

是他硬拉着我来的，本来我想要是平平安安地过了今天，往后的日子便可以当什么都没发生过，猗兰院里不过是多了个人罢了。

婚礼结束，宾客散去。我逃似的，离开那仍在喧闹的大厅，离开那虚伪欢乐的人群。

园子里的兰，静静地等待着我。

在我将满捧的兰花放在若景与新娘手中时，我在他的眼睛里，什么也看不到了。

他的忧伤，他的喜悦，他的一切一切，随着那拜天地的三叩首一并逝去了。我知道，从此便再也没有怅然的若景与那深深庭院里的月夜琴声了。

我想，也许一切都没有结束，这些不过是一个新苦难的开始。

"他们在做什么？宾客早已散去，恐怕……"若景新房窗口的灯光，让我觉得，这是恍若隔世般的梦境，那窗口的红烛，闪烁着，直至熄灭。

我坐在园子中，等待着。直到清晨的阳光洒进园子。

我看到新房的窗子打开，还有窗口梳妆的新娘的面容。

人生伤往事，小草亦悲秋

何羽芝真是个美丽的女人。与她比起来，我是那么苍白，苍白得如一张纸。我们似乎是两个世界的女子。她有着玫瑰花一样的娇媚；而我，却如这园子里的兰花一样，与繁华无缘。

贰

早茶时间，若景携着何羽芝的手为父亲请安。

我突然感到，我又是孤零零一个人了，比任何时候都要孤单。我仿佛坠入了一个梦，一个醒来也不会消失的梦。刹那间，恐惧慑住了我的心。我害怕，终有一天，我也会如若景一样，背负着一个自己都不理解的使命，去开启一段莫名的生活的责任。

我病了，一病就是三个月。

三个月里，若鲤日日都来我的床边，他的手无数次抚过我的发，安平我躁乱的梦呓。我的房间，每日都有新鲜开放的兰花插在花瓶中。有一次我醒来，迷幻中对着若鲤说了句："别摘兰花了。我不想那些已经死去的花，仍挣扎着想活下去。"

当我再次睁开眼睛的时候，却不见了若鲤，也不见了兰花。

晚饭后，最后一束阳光消失在我的窗口时，若鲤满头大汗地抱着一盆下山兰走了进来。他小心地将兰花搁置在门口，又挪到了床角边,看看似乎不妥,又搬到了窗口的书桌上。最后,他满意地拍落手上的泥土,向春晓细细交代:"不能勤换位置,这样会打乱它的生长规律。这花一年只开一次,水不能浇得太勤快,但也不能干了,若是有黄糁斗的盆最是最好,植土很讲究,其中……"他说说停停,似乎又想起什么,"哦,对了,要有风,改天把花几搬到窗口这儿来,就不碍着昭忱读书了。"

春晓本是若鲤房里的丫头,后来不知怎的,若鲤遣散了房里所有的女孩,只留下一名叫作凌霜的小厮。而他最中意的春晓,便送给了我。他说我从京城带来的玉姑姑年纪大了,照顾不好我,于是安排玉姑姑去了茶坊间做最轻便的活儿。玉姑姑是我母亲的奶娘,离开我这儿后她常来瞧我,说自己过得好,她过得好也算是了却了我的一桩心事,而谁来照顾我,这并不重要。况且春晓是一个伶俐的丫头,额心有一颗精巧的朱砂痣,衬着她的一双淡眉笑眼,很是讨人喜欢。

春晓听了若鲤的话,忍不住撇撇嘴笑他说:"二少爷说得轻巧,我们下人不会养兰,若是养坏了可怎么办?"

"养坏了就赔。"若鲤细心地抖落花叶上的土,笑道,"几日不见,都会顶嘴了,有小姐撑腰,你胆子够大了!当初在我那儿,可是乖得很呢!"

"哎哟,我可不敢。"春晓的脸上泛起一抹红色,扭过头去,不再和若鲤说话。

"若她醒来,看见这兰草,没准儿病就好了。"若鲤自语般说着,回头看我时,我正微笑。

"你醒来也不说话。"他像孩子一样得意地指着兰花,"土是我从龙山上背回来的,里面还有其他东西,等有时间我和你细细说。它一定会生长起来,看着它开花,一切就都好了。"

"醒了?身子好些了么?头还晕不晕?"春晓上前一步,关切地问我。见我点头,她又笑开了:"二少爷昨儿一早就出去了,先前才回来,在山里待了一宿呢,回来的时候浑身是水,这时节山中多霜露。太太见他浑身湿答答地回来可劲儿心疼呢,早上遣了人去伺候梳洗,全被二少爷赶走了。早先你昏睡了好几日,二少爷日日不离守着你呢!"

"昭忪,这花儿你给起个名字可好?"若鲤小心翼翼地问我。

"阅尽草枯荣,萌英出太清。霜寒何足道?谈笑一阳生。便叫作'太白素'如何?"我反问他。

"这名字好,可花还没开,你怎知它会是素心兰呢?"

"因为'古有太白,今有勉童',所以不管这花开与不开,心素矣。"我用他自诩的话,轻声答他。

他眼睛里有欢喜的神色。

我拉过他的手,用手帕擦掉上面的泥土,心里感激得不知如何回报他。我深知,连扫帚都未摸过的他,是经历了怎样的辛苦,才做好这些。我偎在他怀里,这一刻,仿佛我又不是孤单的了。

我有了渴望,那对生命的渴望,对爱的渴望。

或许,我心里一直都存在着这种感情的。

就像如今,我拣拾着几十年来记忆的碎片,努力地,想

拼凑出一个过往那些清晰的画面。然而,我总是试图跳过那些悲伤的,而只留下那些美好的。

我要把悲伤埋藏在阴暗的角落里,永远封存。

我没想到,若景竟还会再次以曾经的神情出现在我的面前。

这日天晴雨霁,将近一个月没出房门,连空气都是陌生的。一路穿过回廊,双槛边种着的小苍兰也已悉数开了,香气若有似无,让人身心俱畅。过了月洞门,沈家的人已经在饭厅了。

早饭仍是六菜一汤，除了若鲤喜欢的灌汤小笼，还有若景妻子爱吃的青葵菜。我仍坐在我的位置，坐在我对面的是若景夫妇，若鲤按照往日的习惯，挨着我坐下来，他总是最后一个到达桌前的人，无论早饭、午饭，还是晚饭。我紧紧盯着那快要冷掉的汤，可是并不饿。

春天的脚步似乎近了，椅子也没有先前般冰凉，我将垫子拿起靠在身后。

"这样会着凉的。"若景自己都很难发觉，他微微皱皱眉头是多令人难受。他坐在对面轻声说，但声音清楚地传进了我的耳朵，当然还有我身边的若鲤。

我感觉到若鲤拿着杯子的手紧了紧，意料外的，若鲤却什么都没说，只是轻轻地放下杯子，深深地吸了一口气，他沉默半晌，突然开口："菜都凉了，黄妈拿去热一下吧。"

黄妈闻声忙将菜一一端了下去。

我抬头望向若景，若景没什么表情，倒是何羽芝朝我看过来，我朝她微微一笑，算是打过招呼了。她却笑意盎然，面目温顺，然而那目光，却是凛冽的。

"菜冷了，还不是因为你总迟到。"林姨疼爱地拍拍若鲤的头，在她眼中，若鲤似乎永远是长不大的孩子。

"下次不会迟到了。"若鲤笑笑，仿佛不经意的，一边拉起我，一边将垫子放在了椅面上，又轻柔地扶我坐定，而后，便转向了若景，"听说大嫂有喜了？"他的语气就像在述说今天的天气一样平静，而我却清楚地看到了若景难堪的神色，我知道那神色是因为我。

"你脸色可真难看,"若鲤仍自顾自地说着,"哪个做父亲的不都是欢喜得了不得,你却像害怕别人知道似的。若不是我问秋文,你还不打算告诉大伙是不是?"

若景的沉默让气氛有些难耐的尴尬。

"那真恭喜大哥。"我打破这令人异常难受的气氛,尽量表现出我的欢喜,尽管那欢喜带着一种难掩的痛。我将头抬起,也许在这一刻,我是真诚地试着忘掉过去,忘记曾有的一切碎念与回忆,我明白这是若景最好的归宿,是他命运中唯一能拯救他的东西,他应该努力去抓住。

"大哥真是了不得,才结婚几月,嫂子就有喜了。"若鲤的话让若景的妻子何羽芝有些害羞地低下了头,若鲤抓住我在桌子下面牵扯他衣角的手,笑道,"我与昭忱决定下午去买些小孩子会用到的东西,大哥觉得应该买女孩子的还是买男孩子的呢?或者……"

"够了!"若景突然站起来,头也不回地离开桌子。第一次见到如此暴怒的他,我吓了一跳,忍不住紧紧抓着若鲤的手。

"昭忱,你何必如此紧张?该来的总会来,你不一直都是勇敢的人么?"若鲤靠在我的鬓边低声问,他有些湿热的气息吐在我的耳后,我恼怒地看了他一眼,他笑得更放肆了。

"月升他……也许是快要当爹了,还不适应,免不得不高兴。"何羽芝淡淡地说,眼神却落在我这里,有种悲凉的恨意。

若鲤笑罢,颓然失落,留下一句"我没胃口"便走开了。

肆

我的肠胃如我的思绪一样翻江倒海般难挨。最后看了一眼那冒着热气的汤，我也只好歉疚地离开了桌子。

父亲默许了我们如此，因为他知道，终有一天，他会是胜者，所以他也无须禁锢现在的我们。他如观众一般坐在看台上看戏。又或许，从一开始他并不知道，在我们年轻的生命里，到底存在着怎样的思考。

园子中的草，已经开始泛着绿的嫩黄，一片片兰的枝端上，绽放着初春的叶芽。

"昭忻。"

那个声音从我身后响起，是我期盼了许多个日子的呼唤，然而此刻，我却不敢回过头去看他。我知道，唤我的人是若景，那陌生又熟悉的声音。他成婚后的半年里，没有与我说过一句话，这让我怀疑以往的一切是否真的存在过。

我犹豫着慢慢地转过身去，他神情愧疚。

"昭忻……"他又唤了一句，才忐忑地走上前来。

"大哥叫我？"我尽量使自己的声音听起来很平静，很坦然。可是我紧张得只能看着他的衬衫领子——那衬衫笔挺得很，好像他给所有人的印象——利落，干净，一丝不苟，规规矩矩。

"我们什么时候这样陌生了？"他试图拍拍我的肩膀，

手却在半空中停住,不下不上地停顿了片刻,又颓败地收了回去。

"我们从来没有亲近过吧。"我默默将目光收回。面对若景,与若鲤一起的快乐与释然全然溃退,一种莫名的压抑充斥在我们之间。

"你是我的妹妹,我这个做兄长的,倒是做得不好了,都怪我,成婚了,就没有照顾到你们的感受。"他似乎在说服自己,"你是我从北平带回来的,兄弟姐妹之间,我们本应该更亲近一些。"他跳过回廊,坐在园子中的石凳上,接着说,"你小的时候,刚来这个家的时候,我带你在这里,对,就是这儿,"他指着园子中一棵高大的桑树,"你小时候不像如今这般安静,你记得你爬到树上去的事情吧?"

"是的,后来不敢跳下去,是大哥你抱我下来的。"我是记得的,然而我并非顽劣,故里有很多高大的树,沈家院中却只有这一棵。我那样做不是为了博得大家的关心,只是想寻找那些记忆中的事情罢了。

过去的事情忽然回到了心中,我与若景的心仿佛都流动着一丝温暖,他微微扬起嘴角,仿佛看到了那一日的阳光,还有那繁茂的桑叶间,我扯破的绸衫和哭花的脸。

"昭忾,"若景突然抬起手,摩挲着我的发,他呢喃着我的名字,眼睛中有说不清的神色,突然又惊醒般地缩回手去,哑声道,"一切都是我的错。我对于你,要比对婉彬还要更加爱护的,你知道的啊。"

"错?错在何处?与何羽芝成婚?你心里清清楚楚,还要自欺欺人吗?"我有些怜悯,笑望着他,"我根本不是沈家人。"我知道,这些话句句如刀,剐得他心里难受。

"昭忱,我什么都知道的。"他阻止我继续说下去,一脸惊恐。

若景早就了解一切,当年父亲差他将我从京城接回江苏沈家,若景与我母亲的叔公交谈过,他是知道的——我不是沈晋如的女儿,可他还是带我来到这五槐门了,以他的性子,绝不忍心眼睁睁看着一个孩童凄惨等死。

我感激若景的宽容,这使我更加依恋他。

"昭忱,某些发生过的事情注定会被人遗忘掉,而遗忘它的最好方式,就是没有人再向你提起这些事情的任何细枝末节。当时间已经腐朽到了可以令事情糜烂在记忆里的时候,一切都将不复存在,包括曾经出现过的人和说过的话,你都将不再记得,也没有人会记得。我会忘记,你也会忘记。"若景看着远方,似乎在与自己说话,"现在的一切,和曾经的一切,都会消逝在时间里。忘记吧,昭忱。忘记以前的你,忘记我和你说过的话。我们是兄妹,真正的兄妹。你有自己的路要走,我有了家,有了责任。你懂吗?"他深深地看了我一眼,而后,又沉浸在痛苦里似的垂下头,低声说:"我说了这样多的话,只是想说服我自己。我真的很惭愧,我从来没有想过要这样,昭忱,真的对不起。"

若景脆弱的情感又一次刺痛了我心中最柔软的部分。

我轻轻拥住他,将他的头靠在我的胸前。他那样顺从地依偎着我,仿佛这一刻,世界上只有我们,这一刻,我只想

忘记所有，希望他快乐，真心地快乐，而这快乐是不是因为我，似乎也并不重要了。

"昭忻？大哥！"若鲤极力压抑着从齿缝间喊了一声。

我抬起头，对上若鲤恼怒的眼睛。

伍

"勉童。"我喃喃吐出他的名字，若景却如针毡般地站起身来。他的神色中有些惶恐，有些不安，有些愧疚，还有些复杂的情绪，他看着若鲤，不知如何是好。

亲人？我苦笑着看着若景，悬空的手慢慢落下，拉拉我的裙角，感到有些冷。

若鲤心疼地看着我，他动了动嘴角，似乎想说什么，但却什么也没说。

若景向前一步，挡在我的身前，挡住了若鲤那灼热的目光："昭忻虽然不是与我们同一个母亲，但她是我们的亲人。"

若鲤突然笑起来："亲人？呵！我从未把她当作姐姐，倒是想提醒大哥，要多念手足之情了。"

"勉童，你何必如此恶言相向。"若景脸色有些难看，"这件事父亲若是知道了，会不高兴的。"

"昭忻是谁的女儿，恐怕父亲都不知情吧？"若鲤略作停顿，又皱皱眉头，"不过，大哥应当知道一句话，兔子还不食……"

"混账话！"未待若鲤话落，若景扬起手掌，但巴掌还未落下，身后却传来何羽芝的声音。

"昭忾！"何羽芝笑盈盈地望着我，好似才见到若景兄弟，又瞪圆了她的杏眼，"月升？哟，勉童也在，这可好了。"何羽芝一边走过来，一边瞟着这园子里的春色。"正愁着没人陪，咱们一起走走？好久没去馨园了，那些花儿草儿的，昭忾和月升都喜欢，我就看不懂那兰花，和其他的花花草草有什么区别。"

"确是没什么区别，都是长在园子里，寄人篱下罢了。"我轻声答她，此刻并没有太多心情寒暄。

何羽芝轻叹口气，仿佛在配合我的黯然："我早些年在这里，也很有寄居之感呢，如今嫁了月升，就全然忘记了那'孤身一人'到底是个什么心境了。"

"大嫂是有福气的人。"我尽量附和她，期望尽快结束这段令人不舒服的对话。但何羽芝似乎并不想过早结束我们之间的尴尬，她笑起来，整个身子随着那好听又冷漠的笑声而微微颤抖。

"昭忾妹妹真是爱说笑，什么福气呢，谈不上。我自小没了爹娘，这样的人也算有福气么？不过，我这怀着身子，月升又时时刻刻把一切都安排妥当，也轮不到我去想东想西的，倒也是落得十分清闲了。"何羽芝说到这里，瞧了瞧身边的若景，伸手挽过他，"只是平日里啊，真是无聊得很，你若无事，常来陪陪我。"

若鲤一脸不悦，突然地，他转身就走。何羽芝抿着嘴，看着若鲤远去的背影，一脸茫然道："哟，勉童这是怎么了？谁惹着了他，这光天化日的，犯的什么无名火呢？"

"勉童还常说我是个无趣的人，若是我陪你，恐怕你更无聊了。"我莞尔，心里却是悲的。

"羽芝，你们聊。"若景轻拂下何羽芝的手，也提步离开。

"哎，月升！月升！！"何羽芝急唤了两声，见若景并没有停下脚步，略有点失落，遂叹了口气。但这些依然不影响她想讥讽我的兴致，她收回目光，揶揄地瞧着我："啊呀，你们兄弟姐妹之间还真是奇怪呢，最近也不见勉童来找他大哥了，两人见面也不打招呼。勉童与月升是兄弟手足，该相亲相敬才对啊，月升话少也就罢了，可勉童呢，见了他大哥，一句话都没有，倒是跟昭炊你，话可多呢。"

"勉童直率，他……"

"你的意思是？"何羽芝打断我的话，语气变得凛冽，"勉童他不喜欢我们月升，所以见了面连一句话都不想说吗？不过这也不关我的事！好了好了，我累了，该回去了。我这肚子如今金贵着呢，就不多陪你了。"

何羽芝一边说一边轻轻摇着晃着离去。

我瞧她的身影消失在回廊的尽头，便返身朝馨园走去。

转过回廊，远远便能望见父亲在园子里专注地料理着兰草，他席地而坐，一身草绿长衫已融入花丛间。

"我答应过你，要送你出国留学。"父亲突然转过头来看着我说,"可我感觉你并不是很想去,是吗?"

"父亲。"我行礼问了安,实话实说,"我还没有想好。"

"你不像佟栩夕,你母亲她总是很清楚地表达出她想要什么。"这是父亲第一次与我提起母亲。他对母亲的沉默,让我曾经怀疑母亲是否真的存在过他的生活里,我还记得与父亲第一次见面时,他一句都没有言及母亲,只是问了许多我生活的过往。也许,他想从这些过往中寻找母亲的影子,也许他不想让任何人看到他的心里去——那里是澎湃激昂的海洋,还是一片安静的湖水,无人知道。

父亲站起来说:"我曾与你母亲在北平种过一棵兰草,解佩梅。"

"香携满袖,似相逢解佩,江仙散尘缘。"解佩,是母亲最爱的兰草。

"解佩是她佟王府的花,当年我们在清廷的最后一次赏兰雅集上,也是因解佩相识。你母亲的舞蹈与我的琴曲相和,那时……"父亲突然停住,善意地将花铲递给我,"来,你来试试看。种好一棵兰草,就要精心呵护。兰花开给有缘人和真正爱它们的人,这是兰草的仁义之心,并非所有人都能守得兰草开放。兰为花中君子,孟子曰:'君子所以异于人者,以其存心也。君子以仁存心,以礼存心。仁者爱人,有礼者敬人。 爱人者,人恒爱之;敬人者,人恒敬之 。'兰草之于我沈家,也是君子之仁义于我沈家。我兰门沈氏,要对得起悬在咱们采辉阁上的那块金匾!"

"允德厥馨。"我轻念。

"对,允德厥馨。"父亲重复着我的话,"再过些年,你们就懂得为何为父要将那金匾始终挂在采辉阁之上了。"

"兰草好采花难开。"我轻笑。

"兰草不好采,花亦不好开。"父亲纠正我的话。

我拿过花铲,很沉。铲尖上还有些泥土,我盯着那泥土,不知母亲当年是怎样拿起花铲,又是怎样笑盈盈地依偎在父亲身旁,母亲爱父亲吗?如果爱,她为什么不告诉他呢?在爱情中,等待是最没用的事。

一双手覆住了我的头,我抬起头,父亲看着我,和蔼地笑了笑:"你与你母亲一样不喜欢被安排生活。你们从骨子里,都渴望自由。然而作为一个女子,是不需要这样生活的。像婉彬那样,不好吗?不要像……"

"婉榕?"我的话让父亲的神情暗淡下去,这使我很歉疚。好一会儿,父亲才叹口气,又去料理他那些兰草,半响才突然说:"栩夕那样喜欢兰花,我要为她种,她又不肯,执意要自己种。后来我去那个小园子,杂草已经齐腰了。也许我们错过了太多好的时光,可我又不知该如何去拾回那些失去的东西。我已经没有机会去弥补那些遗憾,也没有机会去见那些再也见不到的人。"父亲望着远方,仿佛从淡青的云岫中看到了逝去的日子,他的脸上浮现着平日见不到的暖意与笑容。我不能了解,母亲留给父亲的是怎样的美好,然而他们终究没能携手白头,相爱的人不能相守,究竟是残失的美,还是难言的悲?母亲生前的言语里从未责怪过父亲成了家,她只遗憾自己没能在合适的时间遇见他,也没能在有限的时间里等到他。时间,带走了母亲的生命,也带走了她的爱情,却没能带走她心里对爱情那份执着的理想。

  我第一次顺从地按照父亲的意愿,用他教给我的方法,为那些兰花培土。每培一棵,我都会想起母亲的样子,回忆里她的笑,像一根刺扎在我的心上。

  我一直想问,父亲当年为什么要离开母亲,母亲对他的爱是宽容的、无私的。父亲远眺时的神情,也是深深地怀念着母亲的。她在他心中的一切,林冯萍永远也无法代替,我突然怜悯起林姨来——但我不知道的是,林冯萍此刻正靠在窗前,看着我们这里的一切。

  父亲转过身来,问我为什么停住了。我忙低下头去,继续手里工作,却听到父亲轻轻地叹气。我惊诧地看着他,父亲对我莞尔一笑,那笑容与婉榕相像极了,我想起婉榕离去那一天对我的笑。

  "我遇见栩夕时,已经和若景的母亲结婚了,并且有了若景。"父亲淡淡地说,"我不想骗栩夕,向她坦白了一切。我真的太爱她,我害怕任何细微的小事让她失望。可是,有时候现实是很伤人的。如果能早些遇到她……"

  "如果能早些遇到她……"那又如何呢?母亲是王府里的格格。他们再相遇时,她已经失去了父母,失去了王府的生活。她在尘世中煎熬,备感艰辛。然而即便如此,她应该也不愿意委身嫁给一个真心爱她却有妻儿的男人。她宁愿在一所破屋子里凄凄惨惨地死去,临死前还望着他赠予她的那盆兰花。父亲留给母亲的,是祈盼,也是失望。

我突然害怕失去。生命是那样脆弱,失去了就不再来。

我的抽屉里还存放着婉榕送给我的她特别托人从云南带回来的檀香扇,她将两把的其中一把送给了我。而我回想起她时,却只有那天清晨模糊的笑容。我分不清楚在我心里油然升起的那感情,究竟是愧疚还是悲伤,我掩面哭起来。

父亲问我怎么突然哭起来,是不是若鲤欺负了我。我摇摇头,哽咽着无法回答他的话。父亲拍着我的背,问我是不是想起了我的母亲?我仍是摇头。我不想提起婉榕,因为我害怕看到父亲如若景那样悲戚的神情,我害怕因为我言语的过失而再一次伤害了他慈爱的心。

我突然发觉,我是爱父亲的,像爱真正的父亲一样敬爱着他。爱他的宽容与仁慈,也爱他和母亲那段忧伤的曾经。

陆

我知道会有一些不好的事发生,当我走近猗兰院,就听见林冯萍的声音了。

"怎么就动了胎气?!是不是又有什么人安了不好的心,让我们羽芝受了委屈!"她怒气冲冲,声调比平时还要高许多。

"不清楚啊,只是听说在馨园里和昭忮小姐拌了几句嘴,恐是……"夏至是个老实的姑娘,"也许,其中有误会。"

"误会?误会什么?这个丫头,自打她进了门,沈家就没一天安宁的。"

透过绣花门帘,能见得她一脸怒气,她的丫头夏至和另一名清瘦的丫头站在一旁,那丫头好似是叫秋文的。春晓、夏至、秋文、冬雨,这是沈家几个叫得上名字的丫头。春晓早年间跟着二少爷若鲤,后随了我这边;而夏至是太太林冯萍眼前的;秋文从太太房里出来后就随了新少奶奶何羽芝;冬雨年龄最小,跟着秋文一起伺候大少爷大少奶奶。她们都是伶俐的人儿,在各房中也都是家仆中的上等,平日里比其他人受着更多的宠,做事当然也分得清眉眼高低。

而此刻,何羽芝躺在床榻上抽泣。我不想看她演戏,于是转身离去,进了我的屋子,但他们的声音还是一句不落地传了过来。

"哎哟芝儿,别哭了,再哭更伤身子,可不能让欺负你的人看你的笑话!"林冯萍那话仿佛是说给我听的,"秋文,你来说。"

那叫秋文的丫头回话道:"大夫说了,休息几日便好,太太不要太过忧虑。只是……有人这般欺负我们少奶奶,我这个做丫鬟的,都看不下去。"

"秋文,有你多嘴的时候?别坏了家人的和睦。"何羽芝和秋文这一唱一和的对话,演得倒是真切。

林冯萍听了,也一副怒火中烧的样子,她猛地将茶杯掷在地上,茶杯碎得清清脆脆。"真是了不得了,真是了不得了!"

"她责怪勉童如今太不把月升当大哥,见了面一点礼数都没有。我倒是觉得,勉童只是率真了些,他活得自由洒脱,本就是让人倾羡的,这些繁文缛节的他未必稀罕。可是昭忱……"何羽芝哭得连话都说不清楚了。

春晓在这边坐立难安,她气急了,在房里一边走来走去,一边跺脚:"小姐,你听听,他们说的是什么话?那些话哪里是小姐你说的?即便我不知情,但就陪着小姐这些年,我也知道小姐不是这样的人!"

"什么话?"我笑看着她,"我又是什么人?"

春晓见我笑,反而懵住了。林冯萍的声音又传了过来,"昭忱眼里就只有月升,小时候就月升哥哥长月升哥哥短的,成天跟在月升后面,如今月升和你成了亲,她倒是一脸的不高兴。"

"欲加之罪，何患无辞。"我指指身旁的椅子，"坐下来，挑挑丝线也比生闲气好得多。我明天想绣对鸳鸯送给你，待你嫁了好人家，这鸳鸯便作为嫁妆了！可别嫌我小气啊。"

"小姐，这时间你还有心思说笑！春晓哪里会嫌小姐小气，你这么多年就绣过两件物什，一个荷包送了大少爷，一件枕头送了二少爷，这如今还有我的，我是哪辈子修来的福气！"春晓嘟着嘴，大声小气地说。

"又乱说话！"我瞪了她一眼。外人看我们是兄弟姐妹，手足情深，可女孩子的绣品，怎能随意就送了两个大男人，让春晓说出来，我倒觉得自己做的事有些不合时宜了。

春晓倒没觉得有什么不妥的，她又气了一会儿，才刚一坐下，若鲤便从门外气呼呼地跑进来。

"我听说了。大嫂……大嫂她怎么能这样讲话？！"

"看我不顺眼罢了，没关系。又不是什么大事，何必怒气冲冲地跑来说这个。"我指指何羽芝的房间，"你母亲还在呢，说话别失了分寸。"

"你照镜子看看，自己多憔悴，哪里还有心思让她动胎气。"若鲤说着，朝那个方向看了眼，"不做亏心事，也不必在意那些乱嚼舌根的，她们都是根深蒂固的封建余孽思想。"

若鲤的话让我和春晓都笑出声来。

春晓站起身，打开了门。

"好啦，"她边走出去边说，"我去给二位倒杯茶，小姐压压惊，二少爷消消气。这年月，有茶喝真是有福气呢！"

说着，她笑着走远。

若鲤见她走远了，突然神秘兮兮地坐上前来。

"怎么？"我警觉地往距离他远处挪了挪。

"你若不是我姐姐，可是件天大的好事。"

"不是你姐姐？不是你姐姐怎样？"我狐疑地盯着他，他的眼睛里闪着光芒。

"我就会好好爱你，照顾你一辈子。"他说得很认真，神情也极度真挚。

勉童长大了，他不再是那个调皮跋扈的小少爷了，为什么我开始害怕他。也许，我怕的是伤害吧。我没有回答若鲤的话，只是轻轻笑了笑。

柒

园子里的兰，终于绽放芳华。

我屋子里的兰花，却静静的，枝叶繁茂得好似要长成一棵树一般，不知在等待什么。

若景的妻子，那活在快乐里的女人，她隆起的肚子向我炫耀着她的幸福。每当看见她悠闲地走在回廊里的时候，我极力想表现出同他人一样的愉悦与关心。可是，若鲤说过，如果当时有面镜子，就会知道我的表情有多么难堪。

我一遍又一遍地擦拭着我书桌上那盆兰的叶子，仿佛一直擦下去，便会开花。

春晓走过来，说："小姐，大少爷说过，这兰草活着是为了一个梦，花开与不开都不是什么打紧的事。"

"我知道的，我也并不在意它开不开花。"我笑着回她，"可是，大少爷可曾告诉过你，它活着是为了怎样的一个梦？"

"这……我就不知了。"春晓担心地瞧瞧门外，正看到若鲤朝这边走来。他一身学生装，三步两步进了门，头发已经湿了，外套敞着，白衬衫衣领处很皱，有点脏，最上面的三颗扣子也是散开的，似是被扯掉的。

"少爷，这是怎么了？！"春晓跳起来，赶忙找来干帕给他擦拭身上的水。

"不打紧，教训了个泼皮而已。"若鲤笑着朝我身边坐来。

"我去打盆热水来，二少爷洗把脸，拾掇拾掇，若被太太看见了，指不定又要怪罪我们没照顾好呢。"春晓说着，从门口捞起把竹伞跑了出去。

"都多大的人了，在五槐门是想坐实了'霸王'的称号？平白的为了什么人打抱不平，又给谁两肋插刀呢？换了衣服再来，湿答答的像什么样子！"我抬起头，迎着若鲤那清澈的眼睛，我看得懂他的感情。可是我的心，和我的爱情，就像这兰一样，是一个永远没有尽头的等待。

在我们长大的日子里，欢乐不知何时渐渐远离了我们。我仍怀念被他拉着，一起去听那音乐会时的真实快乐；我仍想爬上树梢，最后在若景的怀抱中抹着眼泪睡去……儿时的纯真与无忧无虑，似乎正慢慢从我们的记忆里淡去，就如若景说的，某些发生过的事情注定会被人遗忘掉，而遗忘它的

人生伤往事，小草亦悲秋

最好方式，就是没有人再向你提起这些事情的任何细枝末节。当时间已经腐朽到了可以令事情糜烂在记忆里的时候，一切都将不复存在，包括曾经出现过的人和说过的话，你都将不再记得，也没有人会记得。

"我知道的。"若鲤突然没来由地说。

"知道什么？"我转身去桌前整理未写完的字和笔墨。

"你根本不是沈家人。"他坦白，并看着我。

"别胡说！"我心里一惊，手中的笔不由得"啪嗒"一声落在桌上，我赶忙拾起，眼睛却不自觉地看向别处，我不愿意被任何人看清内心的慌乱，哪怕只是一瞬。

母亲曾经说过：心中若有所动，人生便会输得彻底。

正是因为她对父亲心有所动，便没有了自己的人生。

"别怕，有我在。在我心里你是什么位置，你很清楚。"

他认真地说。这突如其来的深沉,让我不知所措,他上前安慰式地拥住我,我却害怕极了。

春晓的突然出现使我惊醒,我推开若鲤,他却叹了口气,又强打起精神对春晓笑了笑。

我看得出春晓眼中那刚刚抚平的慌乱,如石子抛入水中,波纹还未散去。

"少爷,你的花可一直没开。"春晓放下水盆,换上另一种表情,嘲笑似的指着花几上的兰。

"还不是你照顾得不好。"若鲤撇撇嘴。

"花可一直是小姐照顾的,我连碰都不敢碰一下。"春晓则噘噘嘴,躲到我的身后。

"哦?"若鲤转过头看我,我点点头。彼此不觉有些失落,那花毕竟是他的心思,竟然没开,可惜。

"叶子这么茂盛,也很漂亮!"若鲤突然赞叹起它来。我笑了,为他的一片苦心。

"得了,不用拾掇了,这外面的雨还没停,再出去还是得淋湿了,我回去换了衣服便好。"若鲤说着,大步走出去,春晓还未来得及唤他,他便跑出了猗兰院。

"少爷,二少爷!咦,少爷这是怎么了,还没说几句话就走了?"春晓念叨着,只得端着水盆又出去了。

我手心里,却攥着若鲤方才塞给我的,一枚叠得很整齐的信笺。信笺上有点湿,许是方才被雨水淋了。我将信笺展开,是一张泛了黄的桑皮纸,这纸张是若景最喜用的,而那信笺上秀雅又不失刚劲的字,也正是他的笔迹。

尊府眷阁下,昭忱于沈家起居佳善,勿多念。家君视之若己出,佟格格非伊亲母,此间深情固已胜之矣。阔别于今,逾十年矣,尝谓见伊,尚未果尔。府上若北平闲居无事可莅临江苏五槐门一面,兰事正好,并可同芬。

民国十三年三月二十一

月升顿首

捌

整日我都没有出门,因为我红肿的眼睛。

若鲤来了两次,我差春晓告诉他我正在沐浴。当他第三次听到这个答案后,突然变得焦躁起来。

"怎么总是沐浴?"他问。

春晓也不知该如何回答,她只知我告诉她:别人问起就说我在沐浴。

最终,若鲤还是因为男女有别而没有冲进屋子来。春晓告诉我他一直站在窗外好久。我透过后窗看见他站在园子里的那棵桑树下,似乎在想事情,又无聊地折下一枝树枝,像个孩子般生气地抽打着树干,直到树枝上的叶子都被磨掉,树皮也被磨烂。他拿在手里端详了会儿,便扔掉了。但不一会又拾起来,把它弯成一个圈,套在一棵山茶树上。

"少爷今天相亲呢,听说是泽西女子大学的学生。"春晓似乎无意地说。

"太太说她今日会来，应该到了吧。现在也许在前房的客厅里呢。"她言罢又看了看我，"小姐不去瞧瞧吗？"

"他都不去，"我指了指若鲤，"我去干什么？"

"小姐不是少爷的长姐嘛，"她笑笑，"姐姐应该给把把关。"

我看看她，点点头轻声道："那一会儿该去瞧瞧。"

春晓却停下笑容，探头望望园子里的若鲤，轻声叹道："春晓想问小姐一件事，大少爷和二少爷……"

她未开口，我已知她要说些什么。那些话，是我没有勇气去听的，于是我转身离开了。

我害怕失去，故不敢奢望得到；而在我真正失去的时候，却又感到无尽的困苦。

我独自走在园子中，若鲤不知什么时候已经离去，他现在或许在前厅与那女子相见，或许二人已经去吃下午茶，又或许他们谈论着彼此感兴趣的话题而在大声地笑……我在心里描绘着他们见面的情景，他们的笑容，他们并肩走在街道的青石板上，若鲤定会给她指着我们儿时曾经玩耍的地方，高谈阔论着他所知道的所有可以炫耀的事，就如当初若鲤拉着我的手，带我走遍五槐门所有小巷时的情景。我似乎看见了若鲤那飞扬的笑，和闪闪发亮的眼睛。

算了，什么都别去想，此刻我只想独享一片安静。

或许，这静谧的园子，能沉淀我躁乱的灵魂。

然而来者打破了这宁静，我有些恼怒地回过头，却对上一双清澈的眼睛。

对面的女子有些愕然地看着我，却又瞬间笑起来，那笑容像五月的阳光，温温暖暖的。

"昭忱？"她叫出了我的名字，"果然百闻不如一见，你是沈昭忱，我说对了吧？"

她白色的洋装裙边在风中轻轻飘扬着，她头上蓝色的天鹅绒帽子，我在《巴黎画报》上曾经见过。我习惯性地拉了拉我的长裙，谦和地笑笑。

"你在哪家女子学校读书？"她绕过石台，走到我身边坐了下来，很是大方，"我叫邱悦行，泽西女子学校的学生。"

"你好，邱小姐。我不读书。"我回答她。

"哦？"她吃惊地看看我，随即又笑道，"他们都说你的英文很好呢，怎么会没读过书。"

"我读自己的书，不读先生的书，我没有去过学校。"

"那你真是聪明得很，我便不行了，上了学，还是有很多东西不懂呢，以后可就要向你请教了！"她仍是笑。

以后？我想了想她说的话，以后，她就要常来了吧。可是我该怎样面对她呢？然而，我又该怎样面对若鲤呢？

她说了很多，其间我只有配合地笑，或是点头，或是摇头，面对她，我想不出，应该以一种什么样的思绪来交谈。

"我的名字是'悦行'，我爹说行脚于人生之路，要越走越开心才对。"她最后说，"你称我悦行吧！我以后会常来的！"

以后的以后，她也会住到这里的，我想。

玖

雨声绵延不绝。

春晓在门外纱帐中轻声叹气,时与年驰,她已然如我的家人一般了。她心疼我的苦,理解我的悲,我的笑和哭她都懂。

响起一阵敲门声,春晓懒懒地起身,朝门外问了句:"谁啊,大半夜的,有事明天说。"

"春晓姐姐,是我,凌霜。"门外一小厮答言。

"凌霜?"春晓趿拉着鞋,隔着门继续问,"这个时间不伺候二少爷休息,跑到猗兰院来做什么?"

"春晓姐姐,是二少爷!"凌霜应着,吞吞吐吐。

春晓听了,忙将门打开。

"二少爷?!哟,这是……"她压低声音,"怎么了?这大半夜的,可别让人瞧见,这猗兰院里还住着大少爷和大少奶奶呢。"

我轻走到纱帐前,看见凌霜搀扶着醉酒的若鲤——他晃晃悠悠地站在门外,一副不清醒的模样。

"春晓,去拿床被子,打一盆水来。"我吩咐她。

"是,小姐。"

"昭忱……"若鲤梦呓般地念叨。

我瞧了凌霜一眼:"怎么,这是不打算回自己的园子?凌霜你是怎么当差的,他醉酒也就罢了,来我这要什么泼皮？"

"大小姐，二少爷的性子你不是不知道，他向来是想怎样就怎样的主儿。你们都是主子，我们做奴才的哪有管教主子的道理。"凌霜一脸委屈，"今儿个少爷多吃了些酒，这时分嚷着要来大小姐这里问一问。"

"问什么？"

"小姐，能不能让我们少爷进门，在外面淋雨会得风寒，我可担不起这个罪过。"凌霜说着，朝外看了看漫天的大雨——我看见若景屋里的灯早就熄了。

我侧了侧身，指了指床榻，凌霜扶着若鲤移步过去。放下若鲤后，凌霜如释重负地长舒了口气。

"少爷说要来你这里问一问，小的就只能照办。至于问什么，我就不知道了。"凌霜退了两步，"小的在这多有不便，就先回去了。"

凌霜退了去，恰逢春晓进门，她瞧了瞧梦呓里还念着"昭忱"的若鲤，一脸愁容。"小姐，凌霜怎么走了？这如何是好，若是二少爷留宿在这儿，保不齐明日闲话便要传出来了，还是差人把二少爷送回去吧。"

"把水放下，你去睡吧。"我看若鲤或许心里清醒得很，此刻撵他，他未必能走。

"可是……"春晓还想说点什么，见我朝她摆摆手，便退下了。

他微蹙眉头，俊秀的脸上褪去了孩童时的稚气，浓浓的酒气和着佩兰绣囊的香，这混杂的有些古怪的气味荡漾在空气中。我伸手抚平他的眉,他在梦里依旧温柔又痛苦地唤着"昭忺",或许,这其中也含着许多个不甘心和年少轻狂的骄傲、失落。

"你好自为之,我也好自为之吧。"我将他的被子盖好,将这话念给他听,也不知他听得到听不到。

当晨光洒进我的桃花窗时,若鲤醒了,宿醉使他有些头痛,他睁开眼睛,艰难地从床上坐起。他只需望一眼床帐上垂下的黄色流苏,便知这是哪里,因此他并未环顾四周,而是转头看看坐在床边的我,神色里有些许的惊喜,也有些许的愧疚。

"你昨日喝醉了,凌霜将你送过来。"我将春晓备好的帕子递给他。

"你呢?你一直就坐在这里?"

"回去吧,以后也少来这里。我不知你想问我什么,只知道我们是姐弟,该有的分寸要有,眼下你长大了,不该逾越。以后也不要再问我什么,沈家我来了,就不会糊糊涂涂地走,无论你知道什么,想知道什么,过去的就让它过去吧。"

若鲤沉默半晌,一双清澈的眼睛望着我,而后他徒然翻身而起,打开门,又砰然关上。他的脚步声渐渐远离,我长舒一口气,却感到眩晕。如此呆坐在原地许久,门再次被打开时,春晓走了进来,她看起来不太高兴。询问其缘由才知,今晨春晓正欲出门,忽听到壁角的窃窃私语,平日里也不是没有,沈府里那些上了年纪仗着身份的婆子、仆妇闲着了便没日没夜地说些闲话,众人平日里也习惯了,她原也不想理会，哪知竟听到了"沈昭忻"三个字，她脚步一停，侧耳去听，原来是伺候太太和何羽芝的两名婆子。二人说了些昨夜若鲤留宿在猗兰院的闲话，春晓气急了，便同他们吵了几句。于是回到这儿来，必然是一脸的气愤了。

"她们说得可难听了。那李婆子说今早看见二少爷匆匆从猗兰院里出来了，衣衫不整，还急匆匆的。还说'先是大少爷，如今又是二少爷，昭忻小姐面儿上看去知书达理，真是败坏门风'。小姐，她们这话说得难听，我告诉她们，昨儿二少爷喝醉了，小姐好心留他过夜，一宿没睡。可是她们还说……还说昨天那事儿，现下沈府上下都知道了。"春晓一口气说了许多，见我不为所动，又急了，"小姐，你说她们这么嚼舌根子，你不与她们见识，就不怕老爷、少爷他们听了生气吗？！"

"春晓，取些笔墨，我闲来无事，写写字。"

"小姐！你……"春晓瞪圆了眼睛瞧着我，她额心的那颗朱砂痣因心急而分外鲜红起来，"你怎么还有闲心写字？外头说的可难听了，说二少爷昨夜里歇在咱们这儿，说小姐和二少爷做了见不得人的事。"

"清者自清。"我打断她，"不必在意。即便去澄清，也未必得偿所愿。"

"可是，"春晓担忧道，"小姐不怕么？"

怕？这个"怕"字对于我来说，不知含着多少层的意思。从被生身父母遗弃路边，所幸被佟格格所救，随她在王府四载春秋，又遭王府没落，人死家散，与母亲在寒窑中那些个相依为命的岁月……直到再来这兰门沈家,身世不明,步步惊心。是的,我是该怕的。可正是这样颠沛流离的身世让我懂了一个道理,那便是无论阳光多明媚,都有影子相随,但也无须惧怕影子,只因影子之外是万丈光芒。这世间万物都相扶相随,又相依相悖。

有时我也怕,这世上怎么会有比人言更可怕的东西呢。可是,害怕又当如何呢?若景曾言"兰草开与不开都是为了一个梦",活着,才能做梦,兰草活着,就有能开花的梦,而死了,便是连梦都没有了。只有活下去,才有赢的希望,才能将心中所想化为现实。

门口又传来脚步声,管家沈通在门口停住脚步,恭敬地行了礼,说:"昭忱小姐,三爷请你过去呢。"

春晓迎上前去问:"现下还没到晌午呢,是大家都去还是单叫我们小姐?"

沈通有些踌躇,干笑两声:"这个……我可不知道。春丫头,不管什么事,叫昭忱小姐都不要心急,凡事都有解决的办法不是?就算有误会,解释清楚也就是了。这都什么世道了,哪还有那些陈芝麻烂谷子的规矩。"

"通叔,您这是?"春晓回头看看我,不解沈通所言何意。

"我可什么都没说。"他又不得不干笑着望着我,"小姐,等着呢,走吧?"

我点点头,随着沈通走出门。外面太阳大得很,照得心里暖暖的。穿过长廊,在东厢的另一头,是林冯萍所在的汪字园。园子里以兰花汪字命名,种着竹、梅,梅在这个季节是不开的，只有枝叶茂盛。道路两边的太湖石凳上摆着盆栽，林冯萍虽出身滇兰世家，但她是不太喜欢兰草的，倒是很喜欢盆景，如六月雪、石榴、紫藤、松柏、榕树、雀梅藤、九里香、茶花，这些树种在汉白玉的盆子里，装点些石景在内，倒是也好看。

待到了门前，沈通忙伸手挑开七彩琉璃珠帘通报："三爷、太太，昭忺小姐来了。"

父亲并无不悦之色，他指指椅子："忺儿，来，坐下。"

沈通见状便退了去，临行他朝我点点头，示意我莫要慌张。

"父亲找我来，是为何事？"我坐在最靠门口的椅子上。

"你父亲有话要问你。"林冯萍阴阳怪气地说，"我们听到一些不好听的，不知昭忺小姐，是不是做了一些不该做的。"

"有人说了不该说的，并非我便要做不该做的。太太这话，可有其他的意思？"我淡然回之。

"我怕你昨夜睡得不好！"她强忍住怒气，冷笑一声，瞥了眼未说话的父亲。父亲垂着眼帘，定睛看着茶案上的盖碗，仿佛那上面的粉彩有何独到之处。

"多谢太太挂念了。"我依然冷淡。

林冯萍却勃然大怒，她的声音也高了许多："你若在寻常人家也便罢了，这是沈府，你这乱了伦理的心思是打哪儿学来的！想是在佟王府便没人教你好，如今倒来肮脏我们沈家了！"

"好了!"父亲突然开口,语气里有些训斥的意味,"你先出去。"

"哎呀!老爷!"林冯萍站起身,还想说点什么,父亲却怒目瞪了她一眼,林冯萍惊得杏眼圆睁,住了嘴,父亲向她摆摆手:"冯萍,你出去!"

"好好好,我出去!"林冯萍只得无奈走到门口,她倏地扯起珠帘,又回头道,"老爷,我一介妇人之言,你可以不必在意。但只望老爷别辜负了咱们兰门沈氏的一世清名!"

待她摔帘走出,父亲重重地叹了口气。

"父亲,昭忟让您忧心了。"我十分愧然。

然而,父亲却摇摇头,说:"爹从小看你长大,你是什么样的人我还不知道?况且你和勉童是姐弟,怎么会像他们以为的那样。冯萍这个人,乱操些没有道理的心,不要与她一般见识。只是忟儿,你要知道,你和勉童都大了,再不是小时候了。"

"父亲教诲的是,是昭忟行事欠妥,该罚。"我垂首说。

"我与你母亲的那份遗憾,是我心里永远的痛。忟儿,或许从我叫月升接你回来那天,就已注定了。我以为可以让你衣食无忧,快乐地在沈家过日子,却不知⋯⋯哎,是我的错。"父亲语气沉重。

我不免有些担心,走上前提起茶壶给父亲的盖碗中斟了茶,碗中的兰花随着泫然而落的热水翻飞起,一股沁人心脾的香气迎面而来,让人心里都愉悦起来。我顿了顿,开口道:"父亲,月升哥哥有妻有子,婚姻美满,我心里,也替他开心。"

我又继续道:"父亲,我与勉童都大了,少时怎么要好,现下也该避嫌才是,所以昭忺有个请求,希望爹能答应。"见父亲点头,我才道,"我想搬出猗兰院,搬到馨园去住,一则是为避嫌,二则母亲的余蝴蝶在馨园,见花如见母亲,忺儿想常伴母亲左右。"

父亲略有迟疑:"馨园僻静,你独自在那边,谁来照顾你?"

我忍不住笑了:"我都这么大了,自然可以照顾自己的,况且还有春晓呢。如若不行,玉姑姑也可一同来住。"

"唉,玉姑就罢了,她年纪大了,当年随你来沈府时还算精巧,如今年老人迟又患有眼疾,纵然她服侍你母亲时多儿尽心,如今到你这里却未必能做得好。难为你一片孝心,你和你母亲一样,独爱兰花,有芳草解忧,心情也愉快些。"父亲点头,算是许了。他俯首端起粉彩盖碗,啜了口兰花茶,"还有一事要同你商量,冯萍要给勉童说一门亲,我来问问你的意思。"

"爹与太太决定就好。"

"是邱家的小女悦行。"

"我同邱悦行有过一两次照面,我看她举止端正、气度大方,的确不错。"我诚恳答他。

"连你都说好,自然是好。邱老板同我是多年老友,他的千金我也是满意的,只是勉童……"

"勉童性子狂傲,和月升哥哥不同,别人做不了他的主,爹只怕要问一问他的意思。"我依旧如实说。

"嗯,我会同他谈谈。"父亲笑了。

"父亲,我还有一事。"

"何事?"

"我想出去看看,哪怕是去学堂里读书也好。现如今新兴思潮,思想自由,昭忱不想变成井底之蛙,也想出去见识一番。"

父亲微笑:"你同你母亲一样,都是倔强的性子。去吧,随你的心。"

"他来了数回了……现在还在门外。"春晓在我身边低声说。

我知道,她说的,是若鲤。

"不见。"我摆摆手。

"外面下着雨,回廊上会有斜雨打进来的。"她提醒我说。

我望望窗外,雨肆虐地击打着它想要摧毁的一切,桑树的枝干上下颤抖着,左右摇晃着,天暗得如黑夜。从未见过如此大的雨,我蜷缩在床的角落。我想放过自己,也想放过若鲤,我想放过沈家的这一切。

只要今天过去了,明天就会重新开始。

然而,如今回忆起来,过去的事情,永远不会被忘记,哪怕时间长到可以糜烂一切,唯独糜烂不了的,就是刻骨的记忆。

若鲤的坚决，让我无法安心地睡去，午夜的风雨仍不停歇地敲打着我的耳朵。翻来覆去之后，我只有坐起身来。

春晓掌起灯，并提来一只灯笼，似乎早就等在一旁，她把灯笼递给我，说："出去看看吧。东西都收拾好了，明天一早咱们就要搬走了，二少爷想是来送别的。"

"春晓，跟着我让你吃苦了。"

"小姐说的什么话！跟着小姐是我的福气！你看秋文、夏至、冬雪她们，一天要受多少气，还是我舒坦呢。"

"难为你了。"我轻笑。

"我巴不得搬去馨园，那里人少僻静，没那么多闲言碎语，还有花草做伴，每日不知道多开心呢。"她也笑了，"喏，快去看看他吧。"

我披上斗篷，接过春晓的伞，打开了门。

风声雨声交杂而来，夏夜的暴雨带着沁凉的土气，有着特有的芬芳，是花叶根茎受了潮的味道。廊檐下的水，如珠帘自天而降，滴进泥土里，又同天地万物化为一体。走在回廊上，雨丝斜斜洒在身上，冰冰凉的，从领口蜿蜒而下一直到脚背。

也许，如果当时我不接下那细长的灯笼竹柄，我会一直按照原有的想法生活下去，即便不安心，至少可以自欺欺人。无论我是否记得那一切，对于我，都没有任何的意义。然而，事情总是会有意外的结局。

回廊上的灯光有些暗黄，影影绰绰。

　　隐约地，我看到若鲤子立于栏杆处的身影，我上前去碰了碰他的袖子，冰凉的，他完全湿透了，冷风贯穿了他的身体。

　　"为什么站在这里？"我问，"别受了寒，快些回去吧。"

他没有回答我。

　　"回去吧。"我再次说。

换来的，依旧是若鲤的沉默。

　　"勉童，你不是孩子了！你……"我的话音未毕，他已转过身来，我惊得忙往后退去，他向前一步，我只能被禁锢在他与游廊的墙面之间。背后是冰冷的青砖，胸前是他近在咫尺的呼吸，我的心似乎瞬间堕入谷底，那冰凉从我的四肢

蔓延开来。没来由的，他突然俯头吻住了我，这突如其来的一切让我悚然无措，只觉得似乎有东西堵在我的胸口，让我难过地喘不过气来。

他带着冰冷而强烈的愤怒，我紧紧抓着那纤细的竹柄。若鲤的手扶住我的头，似乎要揉碎我一般，在齿间喃喃低语："为什么？"

在他松开我的那一刻，我大大地喘了口气，几乎要瘫软下去，却只能死死扶着湿黏的墙，瘦弱的双肩不住地抖着。若鲤见我的模样，目光稍稍柔软了下去，他伸出手想抚抚我荡在额前的发丝，我下意识地向旁闪躲。

"为什么要搬去馨园，躲着我？还是为了躲月升？"他已经没那么生气了。

我没有回答他的问题，只是轻轻触碰我微微发烫的唇。突然的，心里升起一丝被戏谑的恼怒，于是扬手想给他一个巴掌，胳膊抬起还未落下，就被他挥手挡开，他一个反手将我的手握在手心里。

"我是你姐姐！"我伸出另一只手，挡住他徒然向前的身体。

"什么姐姐？谁姐姐？"他笑了，那笑容里才是真的讽刺，"你知我知，天知地知也便罢了，这种谎话何必天天挂在嘴上说！"

"你真是疯了！"我羞愤恼怒。

他轻轻放开了手，指尖相触的一刹那，他弯了弯手指，却没有挽留我。

我转身离开,他却突然拉住我。

"我要在你这里睡。小时候,我们不都是这样么?我想听你给我唱你家乡的歌。"他说。

我用力甩开他的手,又气又急地转身跑开,地面的冷水溅在我的裙上,我也顾不了这许多,头也不回,一路不敢停下片刻。

我深知,从方才的那一个吻开始,一切都不同了。

秋意乍冷,天际一轮近圆的月亮。

中秋,又要到了。

满园的兰花虽开得茂盛,却似乎都在等待着谢去。

自那个风雨飘摇的夜晚起,若鲤似乎要沈家上下都知道他对我的情感,每日清晨便站在我窗下,一同用早饭,一同看书,一同赏花,以至我在五槐门的街口散步,他也要跟在我的身边。

月光透过雕花窗棂洒满整间屋子,坐在窗前,正能见得满园子白皑皑的兰花,还有那抹熟悉的身影。若鲤靠在树下,浓密的树荫遮住了他的神情。我远远地望着他,不知他是否也在望着我。兰花,月,这一切让我突然念起一个人来。而如今,我再也望不到他的窗,看不到闪烁的烛光中他的身影,也听不到他的琴声了。

"若景。"我如梦呓般。

满园的花，在静默的夜中妖冶盛放，有时候寂寞，也是一种自由。

哀伤满溢，一滴泪珠泫然而落。

"吱呀"一声，门开了，春晓走了进来。我急忙转过背去，随手拿起桌上的一把阳伞来瞧。

"小姐在瞧什么？"她放下托盘，探过头来道。

"这伞哪儿买的？"我忙扬扬手中的伞。

"小姐不记得了？这伞是前年你和小姐、少爷们去灵溪泛舟的时候，若景少爷在阳春桥头买的呀。"她边说边笑道，"我今天收拾东西，见柜子里油纸包着这把伞，从来没用过，还蛮新的呢，就拿出来见见光。"

"哦？"我看着那伞，竟然忘记了，这伞是若景送我的。

"现在近秋了，小姐也用不到阳伞了，我这就把它收起来吧。"

"还是……放在这吧。"我轻轻地放下伞，忽然有种想去灵溪的冲动。

第三章 君 柯

集圆
天心禅月满,谁念落帆学?
百代浑一梦,无穷草色青。

君柯

每年的中秋,沈府里都会有一场别开生面的戏可看。

每个人都在座位上等待着,若鲤坐在我身边,他的手一刻不离地握住我的,仿佛一松开,我就会如蒲公英的种子一样随风散去。我的前面是何羽芝,她快要临盆的身体显得异常臃肿,但娇媚的脸仍可以称为五槐门最美的女子。她坐在若景身边,轻轻地依靠着他,若景时不时地转过头来看看我和若鲤,在触及彼此目光的一刹那,又忙把视线移开,将头转了回去。

"我来晚了!"邱悦行一身白色洋装,神采奕奕地出现在我们面前。她看了看握着我的若鲤的手,满是笑意的眼睛里闪过一丝不易察觉的情绪,但瞬间便被掩饰得无影无踪。她坐到若鲤的另一边,眼睛直直地望着台面。

台上的戏还没有开始,我们的戏却早已在黑暗中拉开了帷幕。其实每年的戏,我都没有听进耳里,今年也如此。我的心中只是想着:若景、若鲤、邱悦行、羽芝,还有我,我们都在追求着的是什么?安然?梦想?幸福?还是在碌碌无为的生命里,做一个普普通通的过客。

羽芝是个幸福的女人,至少,她有希望,她等待着她身体里孕育的那个新生命的到来。那么邱悦行呢?她也是单纯得如我所看到的样子吗？正在想着，她似乎知道我心意般地，侧过身子对我嫣然笑道："昭忾，你觉得这戏如何？"

"啊，还好……"我恍然道。

"哦，"她看看若鲤，笑了笑，将手中的册子递过来，道，"我是说太太让我们年轻人选戏，你觉得这出如何？"

"哪一出？"我接过册子，随便翻看了眼。

"《花田错》。"她轻声道。

"还是《武家坡》吧，父亲喜欢。"我放下册子，淡淡对春晓道，"传过去，第一场，《武家坡》。"

我不喜欢《花田错》，因这世上的事，恐无人知道哪是对，哪是错。对也好，错也罢，该来的，总会要来，何必要看一出戏呢。

"《武家坡》好。"若鲤道，"我也喜欢。"

"哎，大家猜个谜怎么样？"片刻，春晓突然跑来道，"莫使金樽空对月，打一剧目。"

"《夜光杯》。"若景随口答道。

"大少爷果然聪明。"春晓笑道，"去年好像有人出过这个题目，最后却没人答得出来。"

我责备地看了她一眼。

她却笑着摆弄着衣角，低声嘀咕："去年可是小姐出的题，没人知道谜底，谁能知今年大少爷就知道了呢。"

"春晓！"若鲤唤住她，"戏都开始了，你不坐下看？"

"戏，早就开始了呢。"悦行笑道，"昭忾，'莫使金樽空对月'的谜底，怎么会是《夜光杯》呢？"

君柯

是的,我的确不知道,只记得儿时母亲给我出了这个谜。我只记得谜底是《夜光杯》,却不知道,为何是《夜光杯》。

总有太多的事,我只记得了结果,却忘记了初心。

我突然想起母亲走的那一天,在那暖洋洋的午后,母亲将我抱在怀里坐在台阶上,看着满园的春花柔柔地告诉我,如果有一天,我遇见了一个能真正懂得我的人,就随他去寻找属于我的生活;如果握得住他的手,就不要轻易放开。

当我再看向那戏台时,第二场《对花枪》的定场白都已念完。只见那一身白装的少年,在戏台上做打舞翻着。那是一张明媚清俊的脸,有着与若鲤一样的骄傲,一样微扬的眉和桀骜的眼睛。但,他那全身的白色,却冷如冰。

"方君柯,是他!"婉彬低呼。我听得出,她的言语里透露着少女见到心上人般的无限欢喜。

方君柯……我轻声念着他的名字,与若鲤有着一样神情的少年。本以为他是唱武生的,却不料接下来的《玉堂春》,他换上了一身淡蓝衣裳,一句"都天大人容禀",那哀怨的音与流盼的眼,让我竟再也找不到方才那巧翻燕舞少年将军的模样。

戏,永远是戏。

戏剧中,我们会在转瞬间忘记曾经的辉煌与悲伤,忘记了上一刻,我们究竟在扮演着谁。

婉彬却看得入了迷,"你知道吗,昭忺。"她说,"君柯是云英戏班最好的旦角,是台柱子,人家都称呼他方老板的。"

"哦？那为何他还唱《对花枪》的罗成？"我问。

"他唱旦，武生也唱，但只唱罗成。"婉彬眼里满是赞叹，头也不回地回答我。

贰

他唱旦，武生也唱，但只唱罗成。

"云英班里我唱男旦，也唱武生。但武生，我只唱罗成。"当父亲问起方君柯能否唱得好《借东风》的时候，方君柯回答。

"你年龄与他们相仿，"父亲慈笑地指着我们，"云英班在沈家的这几天，你就与他们相伴吧。"看得出林姨对父亲的这个决定感到很不高兴。她嘱咐我们在自己房间里安安静静地看书就好，言下之意是表示：和这些唱戏的一起厮混，实在是有辱门风。

君柯站在他同门师姐梅灵的身后，戏台上他那骄傲的神情已不在，苍白俊逸的脸上仅存荒凉。当他看到若鲤时，眼底却闪过一种，似乎是惊喜一般的光亮。

也许若鲤只是在方君柯死寂的世界里荡起一波浅浅的涟漪。也许，君柯仰慕的是若鲤身上那真正的骄傲与阳光，而他自己却不过是生活在阴霾中的一个小小影子，只有在戏台上，他才有那样的绝世风华。然而，他却不知道，沈婉彬对他的迷恋和喜欢，远远超过了任何他能想象到的情感。婉彬不怕林冯萍的责罚，坚持与君柯学戏。她每日站在园子的桑树下,等待方君柯的到来。每当见到她盼望的那抹白色的身影转过回廊,难言的欢喜便堆在她的眉间。

这一日,她依旧在原地等待。沈通见了,不觉笑问:"小姐,您在等谁?"

"等方老板。"婉彬翘首期盼,沈通见她连头都没回地答自己,于是笑笑走开了。这一日,婉彬没能等来方君柯,她哭着回去,任若鲤怎样劝说都没好。

第二日一早,我只好陪着婉彬去了戏园,婉彬扭扭捏捏地进去了,见到方君柯,我同他寒暄了两句,也就坐在园内看戏班子排戏。

方君柯今天倒是没什么异样,也没解释为何前一日没来。想必戏子无情,况且再有情也必得深藏在心里,面上一丝不露。婉彬娇怯怯地练着嗓,时不时眼光飞到方君柯身上去了,若方君柯再看她几眼,脸上的红云便又要藏不住。婉彬练完了嗓,想必练得不错,方君柯面上带着笑意点了点头,同她说了几句话,婉彬笑着跑去后房换装去了。方君柯望着她的背影,脸上带着笑意,朝我这走过来。

"昭忪小姐可从不来此处,今日想是有事?"他轻笑,问我,"还是担心我会对三小姐如何?"

"方老板是君子。"我瞧着他的清秀容颜,可惜了如此聪颖的男子,却为戏所生。

"我很喜欢三小姐,如今的大家族里,单纯又善良的女子可不多。"他眼神中带着戏谑。

"婉彬是沈三爷的掌上明珠,人尽皆知。方老板这话,说得不合时宜。君子慎独，方老板也该知这样的道理。"我忍住心中的怒气道。

"哦？想来小姐这是在警告我么？"他眸子里如水般清澈，却不卑不亢，笑容淡淡的，如秋日天空里的云。

我也轻笑，没有答他的话。他却自顾地大笑几声："有趣，有趣！你和二少爷一样有趣。"

此刻，婉彬已经从后堂走出来，她已经换好了一身粉红对襟褶子的戏服，水袖曳地，随风飘荡。戏服衬着她娇美的脸庞，如春日里最绚烂的樱花。

"美极了。"我朝她点头。

"不错。"方君柯笑着，见婉彬满面期待，又收敛起笑容道，"学戏是很苦的。"君柯澄澈的眼睛看着婉彬，淡淡地说。

"我懂。"婉彬微微仰着的脸显示她坚定的信念。

那神情我似乎从来没有过，我站在窗前，望着他们面对面的样子，很美，美得让人心疼。

婉彬扶住方君柯的手，慢慢移动脚步，倒真有些戏台上名伶的腔调，她朝方君柯投去灿烂的笑。

婉彬望着满院尽谢的兰花，说："君柯说，徽剧强调唱、念、做、打、舞、翻的基本功和表演技巧，那是一种形式美。君柯说，山膀，看着可能没有什么，但是要达到形式美！欲左先右，从腰部启，然后看手、眼随、上步、拉开、眼向前看、踏步、静心、亮相、睁眼、吸气、闭嘴、吸肚和挺腰这一连串动作。动作中领神、协调，浑然一体。也就是说，从

君柯

这样一个小的动作,也要体现出一位巾帼英雄的气魄和矫健。君柯说……"

我笑看着她:"哦,那君柯还说什么?"

她有些害羞,低下头:"很多呢……"

"你都记得?"

婉彬点点头:"他说的话,我都记在心里,每日能听到他的声音,我感觉这日子和以往都不一样了。昭忱,你懂那种感觉吗?"

我哑然,在廊柱后面偷听的若鲤莞尔,他微笑着冲我眨眨眼,却被婉彬回首撞见,她脸腾地红了,一边嗔怪我们,一边忙扯着裙子跑开,引来身后若鲤得意的大笑。

方君柯每日教完婉彬,便跑来见若鲤,或谈人生,或谈戏剧,抑或是闲来聊聊,无论和若鲤聊什么,都会听到君柯愉快的笑声。只有这一刻,他那苍白俊美的脸上,才会扬起真实的笑。方君柯说,他唱武旦,也唱花旦,然而武生他只唱罗成。在他的心里,只有罗成,才是一个英雄。

他愿意自己永远是那个少年,那个飞扬着蓬勃朝气的英雄少年。方君柯说这戏文的乱世中,没有别的选择,只能以杀止杀,只能牺牲一部分人来成全大部分人。而在现实的生活里,他就是被杀的那一个,所以他在戏中找到了自己存在的意义,演绎着罗成。他说,没有人能伤害到罗成,若是有,那就是挫骨扬灰的伤害。

"而那样的伤害,正是自己给的。"方君柯叹息。

若鲤说,他在方君柯的眼睛里看到了一种远离尘世的悲伤,这使他想起了我。我不禁感叹,这是一个怎样的少年,他的身上,有着我与若鲤不同的影子。

也许,那段有着方君柯的日子,是我们真正快乐的日子。

他与梅灵,给沈家大院里添了些许新的气息。君柯教戏时,梅灵便安静地同我坐在回廊里。她像一位母亲,又似乎是一个爱人。梅灵姓梅,是方君柯的同门师姐,虽为师姐,却小他两岁。

"听说,你能以兰草治病?"梅灵问我,她美妙的眸子里流动着聪慧的灵气,怪不得取名"灵"。

"嗯,兰香草丸的制法也不难。"我笑着回她,"取春兰开放七日后的内三瓣花心、清明节当天盛放惠兰的兰膏,再佐以霜降第三日寒兰的兰膏,配以秋斛的五年生七叶……"

我还未说完,梅灵笑着摆手:"莫要说啦,莫要说啦,这样复杂的方子,我是万万学不会的。"

"比你的莲步、卧鱼儿还难?"我欣然问她。

"难多了。"梅灵笑,"我也很想和你学习英文,可惜我连书都没读过。昭忱,你是这里最好的。"她努努嘴,指指院子。

"我是这院子里最好的?"我笑着问。

"不,是整个沈府最好的。你和他们不一样。"梅灵晃晃身子,"我在外面可不这么说话,外面是不能想什么说什么的世界,我早就活够了。"

她的话让我害怕,一个年轻的女子,竟然用"活够了"来形容自己的人生。我惊讶地看着她:"何必这么说?"

梅灵笑笑,没再说话。

不过,也许她是对的。每个人某个瞬间都会有"活够了"的想法,但不都在苟延残喘地活着!

梅灵对沈家大院里的每一个人都谦和地笑,只有在我这里,她才能如一个小女孩一般,哪怕是片刻的真实和宁静,也让她觉得安然,也让她觉得即便"活够了",依然能坚强地活下去。

方君柯没有说什么时候离开,也不清楚什么时候归来。

只是,当我答应梅灵教给她英文的时候,云英班突然准备离开了。

"唱戏的人,永远都是漂泊的。"临走时,梅灵告诉我,"人生是要选择的,就像我选择了与爱的人同甘共苦。而你的选择,就是你以后走的路,无论多艰辛,都要一路走下去。所以,一定要记住每一个细节,因为那才是你来过这个世界上的意义!"

九月初九重阳节,云英班结束了最后一场的演出。

从婉彬紧紧扭着衣角的手,我看到了她眼里的不舍。

锣鼓响起,方君柯踩着细碎的步伐。举首抬足间,他的眼神不经意地飘过我与若鲤的身边,眼底竟是沉着的笑意。

"春色撩人自消遣,深闺喜得片闲……"方君柯将"消遣"

君柯

两个字的声音压低，唱出了他独特的、阴柔的美。婉彬说，这一段，他教了她三次，然而她总是学不好。其实方君柯明白，她的心思从来没有在学戏上，就像他的心思也从来没有在教戏上。

君柯问若鲤："如果我走了，你还会记得我吗？"

若鲤说："会的。"

"那便好了！"君柯释怀地笑笑，那无比俊美的脸上漾着深深的不舍和诀别之意。

没过几日就是重阳节，晚宴早已备好，这日黄昏刚至，沈府馨园的戏台已经搭好，另又搬了一圈桌椅，每张八仙桌上都放置了鲜花、瓜果，十分热闹。

因只是家宴，所以只有沈家宗亲来往，政商界的朋友都没有请。众人吃过晚饭，便来后园围坐成一圈看戏，看的正是云英班排的一出《凤还巢》。

婉彬有点失落地坐在台下。我听闻她早就练了一出戏，如今却没能登台，想是有些失望了。我拍拍她肩膀，她会意地笑了笑。她脸上带着些落寞神色，那落寞从心底发出来，显得更加苍白了。我心中隐隐不安，总觉得有什么事儿要发生。我抬头瞥过若景，他投来关怀的目光，这使我心中稍稍柔软，朝他报以一笑。何羽芝感受到我们之间的那份默契，没来由的，她突然转过头来，看我的目光更加锋利了。我只好低头埋首摆弄手里的帕子，在这兰门沈府，要做一个聪明人。

聪明人之间就该有聪明人的博弈、沉默、冷静、忍耐。

戏后第二日，方君柯便来告别。我看着他离去的背影，

君柯

米白长衫随风飘荡，内心忽然涌起一股极其强烈的不安。我想到婉彬，有些害怕。

夜幕降临，我远远看到沈府内灯火通明，心里突然沉了沉，不由得加快了步伐。进了门，四下无人，万籁俱静，我心知绝对是出事了，于是小跑起来，奔向父亲的汪字园。

一进园子，便看到佣人四下忙碌奔走，各个面带急色，语声切嘈慌乱。房里所有人都到齐了，父亲坐在椅上频频抚胸，林冯萍瘫坐在一旁，手里攥了一张信纸，一手捏紧了手帕，哭得声嘶力竭。若景夫妇也到了，若鲤也到了，正蹲在沈晋如旁帮他顺气。

"我的婉彬啊，怎么会离家出走？"林冯萍哭得上气不接下气，也是真的伤心了。

"想必是……有些人，说了什么话，婉彬表妹就走了。都是一家人，相煎何太急啊！"何羽芝明摆着话里有话，可我不愿意与她计较。

"羽芝，你方才说的那些话什么意思？"若景忍不住低声责备她。

何羽芝哪里听得进去，她继续边哭边道："我能有什么意思，心疼姨母，心疼婉彬啊。婉彬定是听了什么人的话，一时糊涂才……姨母，这可怎么办才好啊。"

若景见我愤然，于是低声道："今天一天都没见到婉彬，大家也没在意，直到晚上明心去叫她吃饭，才发现房里没人，只留下一封书信，信上说，她要去找方君柯。"

"方君柯呢？他应该在云英班啊。"我赶忙问。

"已经派人问过了,方君柯没回云英班,他同梅灵已经走了。婉彬走时,把信交给明心的。可当时明心并没想到她是要走啊。"

我顿时觉得脊背发冷,婉彬这是……离家出走?

"把明心叫过来,杖责!"林冯萍一边哭得上气不接下气,一边哆哆嗦嗦地命令道。

不一会儿,那叫明心的丫头来了,她早已经吓得魂飞魄散,跪在地上不肯抬头,只嘴里念道:"太太饶命,明心不知情啊。"

"若不是你们主仆里应外合,三小姐怎能说走就走?!"何羽芝厉声问她,"说,小姐去哪了?"

"明心不知啊,老爷、太太、大少奶奶,饶命啊!"明心边哭边回话。

"或许婉彬只是出去个半天,晚些就回来了。明心,小姐临行时,可有向你交代什么?此外……"我没有再说下去,因见若景朝我摇摇头,示意少说为妙。

"小姐什么都没说,只说把这信交给……交给家里。"明心已经吓得连不成句,而眼下已有家丁将她拖了出去,杖责倒也没有,只是叫秋文在厅下掌她的嘴,那响亮的巴掌一个接着一个,明心不敢放声哭,只有低垂的呜咽和嘤嘤的哭泣声。

"父亲……"我上前一步,刚叫出口。父亲却扬手制止了我,下命令道:"沈通,马上集结所有人,去找。水路也要搜寻,一定要把三小姐找回来!"

君柯

听说,云英班离开的那一天,婉彬站在五槐门的古钟下好久,仿佛那绝尘的烟一并将她带走了似的,直到傍晚,她才姗姗走回,一进门,泪便落了下来。

我知道她终究是要去寻方君柯的,那就像她少女时代深深扎根的一颗种子,如今长成了树,从她小小的心里生长出来,那是让她不能承受的力量。而方君柯的离去,使她心里的树几乎枯萎。

婉彬坚决要去寻找心里那股生命的源头,那便是方君柯,没有方君柯,她的心便死了,她要让自己的心活过来,就必须走,任凭谁也留不住。

这是父亲失去第二个女儿,他的眼睛仿佛一下子空了。

我记得父亲曾问过我,做女子像婉彬那样不好吗。然而婉彬的离开,似乎又一次让他知道,他身边的每一个人,最终都会有自己生活的选择,这使他感到深深的痛和无助。以至于在后来的日子里,对任何一个孩子,他从不选择挽留,他害怕真正的失去,就像失去婉榕与婉彬那样。

留住人,却永远也留不住心。

父亲企图说服自己,将那份痛深埋在心底。如今,我想象着婉彬踏出沈家大门的那一刻,伴随着父亲空空的眼睛与扬起的手,她那青色的绣花鞋扣敲打青砖时的脆响,仍时常浮现在我的耳边,似是梦中的清脆声,响彻在五槐门深深的巷子里。

然而半年后,我们才知道,云英班在离开五槐门后的一个月里,方君柯便投江了。因为一名盐商和一群日本官兵强迫他唱《武家坡》，方君柯却回答说他唱旦，武生也唱，但只唱罗成。

后来，他被割伤了脸。

方君柯说再也没有懂他的人与他想懂的人了，他也不能唱戏了。

梅灵说她本想要随他一起去了的，可是那一捧遗物总要有个归处。我从她的眼睛里看到了坚定的诀别，她再次向我告别，捧着那瓦色的，装着君柯遗物的罐子，一步一步走出了沈家的大门。不知道为什么，每个人离开沈家大院的时候，留给我的记忆，只有那越来越模糊的背影。婉榕如此，婉彬如此，梅灵如此。

方君柯去了，而婉彬却没再回来。

因戏而痴，因戏而死，戏就是方君柯的梦，戏就是他的人生。他更像是历史的驿车后面扬起的烟尘，一阵弥漫，便被车子抛弃、散尽。即使是做影子，做烟尘，他也是那么投入，那么忘我，以至辨不清何者为戏，何者为真。然而，现实总是无情地击碎每一个人的梦想和信念，使芸芸众生如过客般活过，又如尘埃般消逝。

我们站在他每日练戏的树下。

"生如夏花，死如秋叶。"若鲤说。

除了婉榕死去的那一天，我又一次看到他的眼泪。

"他唱旦，武生也唱，但只唱罗成。"我想起婉彬那赞许的微笑。

那个灵魂深处有着骄傲与冷峻的男子，他的英灵，是不是还继续握着他的长枪,在自己的戏台上飞扬着他桀骜的笑容?

他的死,倒了两个女人的山川日月。

终于没有了,那冷彻骨髓深处的枪尖,随着灰飞烟灭,永远不能够再见。

这是幸,还是不幸?

但他的爱,不会被忘却,那便足够。

若鲤轻轻擦去泪,挽着我的手说:"走吧,起风了。"

第四章

琴心结剑胆，寸草报芳菲

早梅
久为郡下客，寒尽不知春。
清白盆中草，丹青岁里人。

初冬时节,江南的上空已经开始飘雪,水乡环绕的五槐门,乌压压的屋檐上覆盖着一层薄雪,远处有寒鸦叫嚣一两声,被寒风轻易吹散。沈府上下仍旧笼罩在阴霾之下,三小姐沈婉彬依旧没有任何消息。父亲因为婉彬的出走,大病了一个月。待好些了,身体也大不如从前了。而何羽芝即将分娩,父亲期待着孙辈的出生能为沈家带来一丝希望和喜气。

又是一个风雪夜。

狂风摇曳着桑枝,分不清楚喧嚣的是风,还是人。春晓掌灯坐到我的身边。"怎么,又睡不下了?外面闹得很,把窗户关了吧,或许能好一些。"

她言罢便要去关那窗户,我拉住她:"算了,我本也不想睡。"

"不知道大少奶奶生的是男还是女呢?"春晓轻声说。

"好久了,怎么还没见生?"我问她,"你去看看,莫要人说我们不关心。"

"我不去。"春晓放下灯,"生的什么,和我们又有什么干系。关心了,在奶奶那更落不着好。有人关心便好了,多一个少一个咱们,没什么大不了的。小姐现在年纪也不小了,别平白给自己添麻烦,等你嫁了出去,和这个家就没什么牵连了,还指望他们怎么的你?"

"等我嫁了出去?"我重复了她的话,却不懂这话是什么意思。

"前天在后园,听奶奶和老爷说,要给小姐找婆家呢,找的哪一家还不知道。可这等大事,也不和小姐你商量,虽说婚姻大事父母做主,但奶奶可不是小姐的亲母亲,怎么说还是要问问你的意思的。况且若鲤少爷他……"

"春晓!"我抬眼望向那门外,却只有喧闹夹杂着风吹响木门的吱呀声。

"小姐,现在全家上下哪有人有闲工夫听我们说话。"春晓看看门外,道,"小姐,我们家两位少爷对你的心咱们都从小看到大的。这么多年过去了,若景少爷有了自己的家,可他的心还在你这,你也比谁都清楚。至于若鲤少爷,那邱家小姐他也认识半年了,你可曾见他们提过成亲的事?虽然小姐你只字不提,但年龄一到,老爷、奶奶理所当然地认为小姐是在等嫁。"

在等嫁?她这话像是突然给我指引了道路一般,或许,只有我有了归宿,若景、若鲤、羽芝,还有和我们相关的人,便都解脱了。我面上露出惨淡的愉悦来,一脸惊喜地看着春晓,她不解地望着我。

"夜深了,睡吧。"我轻笑。

春晓熄了灯,能听见她幽幽的叹气声,我却睡得比任何时候都安心。

门外传来叩门声,春晓打着哈欠开了门,透过纱帘,见是冬雨。

"冬雨?一大早的有什么事?"

"秋文他们正在伺候大少奶奶,所以就差我来了。"

"又……"春晓住了口,低声问,"哦,我知道了,是大少奶奶吧?生的是男还是女?"

"是千金。大少爷欢喜得不得了,老爷今儿一早便在门外看了,才回房里的。"

春晓听言,轻哼一声:"行了,我们知道了,你回去吧。"

见冬雨踌躇,春晓忍不住语气严厉了些:"又怎么了?"

"春晓姐姐,你们得给我句话,回去了他们问我,我得回的。"冬雨怯怯地回答。

"哎呀,你这丫头。"春晓想了想,不再是呵斥的态度,"这样吧,你就说大小姐昨儿一夜没睡好,一直担心着大少奶奶,今日身子很不舒服,所以还在睡着。"

"哎,我知道了。那让昭忪小姐好生休息,她也很辛苦……"冬雨未及说完,仓皇得忙住了嘴。我见春晓朝她摆摆手,她便点头离开了。可春晓却又突然唤住她:"冬雨,你若是在那边不如意,改天我让小姐把你要过来吧。你本就和我一起伺候二少爷,如今他长大了不要丫鬟跟着,你总让秋文她们使唤也不是个事儿,和我们一起,你也开心些。"

冬雨脸上显出欢喜的神色:"真的?!"

"嗯,请二少爷说就是了。你好歹也是他房里的下人,来昭忬小姐这儿,他也放心。"

春晓关了门走到我床前,我极力屏住呼吸。她坐在我的床边,半晌突然道:"你都听到了吧。"

我仍不做回答地闭着眼睛,她轻轻地推了推我,说:"小姐,你可都听到了吧?"

她又问了两次,我终于慢慢坐起来,看着她说:"我听到了。"

她反而不知道该说什么了,只是怔怔地看着我,然后便起身开始收拾屋子,边收拾边说:"那你一会儿就去看看吧。我是不想去了,瞧他们那么欢喜,我心里就不舒服。"

"有什么不舒服的,看不得别人好?"我内心出奇地平静。

"小姐,我不是那种人。但我就是看不得别人比你好,尤其是……"

我笑笑,起身开始梳妆。我戴上一对双环连绕翠耳环,并在鬓边插了支点翠兰草纹镶碧玺的小花簪,对镜子瞧了瞧,心底不由得惊叹:我虽不是母亲亲生,却得传她许多神韵。今日无须想太多,问心无愧便可。

当然,是一定要去看看羽芝母女的。

转过回廊,我便停下来,回头对一直跟在我后面的若鲤瞪瞪眼睛,他马上开心地笑了,像个孩子一样。

我不禁扬扬嘴角说:"你跟着我做什么?"

"不做什么,你好久也不愿主动找我,如今可还怪我?"他有些无辜地问我。

他的话让我想起那个雨夜发生的事,那件事已经过了许久,如今想起竟然还让我有些脸红忐忑,我没答他的话,自顾朝前走去。

"我想你是去看大嫂,我和你一起去行不行?"他几步又跟上来。

"不行。"我话音刚落,就看他面露窘迫,忍不住笑出声来。

他马上高兴起来,又有些担心的样子,缓缓说:"我还有件事情要和你说,你不会不高兴吧?"见我摇摇头,他马上说,"我们梵中学堂要招收女学生,你要不要也去?这要比女子学校好玩多了,又有丰富的课程,可以结识朋友,况且我也在学校里,又可以照顾你。"

"你是要告诉我你已经帮我报名了吧?"我了解他,他做事不会考虑别人愿不愿意,只凭着自己的心意去安排。

他点点头,又摇摇头说:"如果你不愿意去也没关系的。"

"等见了父亲再说吧。"我回答他,心想这正是时候,我本也有此意。

"还有,若大嫂那儿你不愿意去,没人敢强迫你。"若鲤说。

"不,是我自己要去的。"我低声答他,沈府不同于一般的豪门大家,"兰门沈家"几个字不是随便称呼的,沈门自然有沈门的规矩,不管我们年少一辈之间有何恩怨情仇,该有的礼数总归要有。我去探望何羽芝,也只是希望父亲那边安心罢了。

"别到时候她又说了什么不好听的,再到父亲母亲那里埋怨你。"若鲤的担心也不无道理。但无论如何,我还是得走一趟。

我浅笑:"不碍事,礼数总归要有的。我不与她计较,也就没事了。"

"好,那我陪你一起去。"若鲤似乎想到什么,道,"小侄女很可爱,不哭不闹,很安静。这一点,倒是很像大哥。"

"是吗?"提到他,我心里有些痛。他已经成婚,是另一个女子的丈夫了。可我的那颗心如今无处安放,只能飘飘荡荡的,如这冬季树枝上的残叶,风起凋零。然则此刻却想起一个人来,"婉彬有消息了么?"我问若鲤。

"还没有。"若鲤颇为神伤地回我。他长叹一声,正了正色说:"你如今在馨园可还住得惯么?"

"我很好。"我依旧低头答他。

"那便好。我听说前几日那位日本的秋山先生常拜访馨园?"

"他是个兰痴,总想把陈梦良(编者注:陈梦良为上品兰花)带走。父亲嘱咐过,不让他进来,况且我也不爱热闹,人多了,心里就徒生烦恼。"

他沉吟片刻,道:"若他再来,你就差人告诉我,我打发他走。"

"嗯,想来也是爱兰人,来者是客,我们对他也需客气些。只是兰草他是无论如何也拿不走的。"我点头,心里想起清晨春晓和冬雨的对话来,于是拉拉他的衣袖,"勉童,你知道一个叫冬雨的丫头吧?"

我这举动让若鲤一怔,他眼中泛出温暖的光来,遂回我:"知道,以前在我那儿的。但我和丫鬟们都不熟,现在也不是小时候了,不需要那么多女孩跟着我,所以她最近在母亲那边帮忙,怎么?"

"我想,"我莞尔一笑道,"也不知,能不能和你要了她?"

"我也考虑给你增派个人手,"若鲤笑道,"春晓一个人忙不过来,你又喜欢清净,我也不好总打发人去你那里。既然你喜欢冬雨,就让她跟着你去馨园吧。多个人,也多个照应。"

我见他答应了,心里想着对春晓也算有个交代了。"多谢你,勉童。"我朝他感激一笑。

"你要什么,我都给你。"若鲤眼中尽是深情,静静地望着我。

我转过头,只看着两旁的雕花抄手游廊不语。

待到了猗兰院,目光所及之处皆是皑皑白雪,忽然十分留恋这居住了十年的猗兰院,一草一木皆是昔日心怀,不由得触景伤情。此前放置在亭子里的桃花椅已不在,石凳上也似好久无人坐了。我心里诧叹,离去不过小半年,心里竟然生出如此多的陌生之感。路过曾经住过的屋子，我连看都不敢看一眼，生怕落下泪来。

刚一进门，正在守着炉子煎药的婆子陈妈忙起身行了礼："小姐来了。"

"嗯，大少奶奶还睡着？"我示意她免礼，俯首见炉子的火烧得通明，药罐子咕嘟咕嘟地冒着热气，一股浓浓的苦苦的中药味弥漫在冰冷的空气里，我心里突然对何羽芝起了恻隐之心，竟有些心疼这个女子了。她对若景的爱，我们从小都看得分明。

"没，已经醒了，大小姐跟我来吧。"她撩起织锦的棉帘，引我进去，"大少奶奶，大小姐来了。"

我进了内屋，内屋倒是暖和的。

何羽芝面色苍白地躺在床榻上，床角挂着保胎的风兰。

她见了我，眼中燃起一股冷冷的火来。

"是你？"她的声音十分无力。

我诚心诚意，虽不指望她能感受到多少，只望她心安。我站在离床畔几步远的地方，问她道："身体可还好些？"

"昭忱小姐来探望，我姚何氏好大的荣幸。"她一字一句都咬得颇重，脸色越发惨白。

"我别无他意，只是来瞧瞧你。"我看着她，平静说道。

"瞧我还是瞧月升？"她冷笑，"若是瞧月升，可不巧了。"

"我确是来看你的，如今母女平安便好了。"我转身欲离去，免得让彼此烦恼。

可她的声音却在我身后响起："她叫清儿，是月升起的名字。"

听了那孩子的名字,我身子一颤,清儿?"云淡风清,心意逍遥","云清"是月升哥哥送我的字。我耳畔响起他十年前的话,那日天清气朗,我们坐在马车里,他将我抱在怀中。从京城来五槐门,一路上我诚惶诚恐,是他温柔的笑和醇暖的话语让我安心。就像他向我承诺的那样,这么多年他拼尽全力为我遮风挡雨,护我周全。可如今,他娶了其他人,还和她有了孩子,却给这孩儿起名为"清儿"。我内心又痛又喜,其中又含着许多说不清的悲戚,只觉得胸口一闷,眼眶忍不住湿了。

我转过身,强作平静:"沈家大喜,父亲十分高兴,身子也好了不少。多谢大嫂为沈家添丁,好生休息吧。"

再看何羽芝,她眼中依是不屑之色。

"如人饮水,冷暖自知。"言罢,我挑帘走出。路过前厅,我示意陈妈无须多礼,快步离开了猗兰院。

刚出了猗兰院,就见若鲤等在游廊处。

"问候过了?"他问。

我点点头,无语。

"大嫂又给你难堪了吧?"

"难堪都是自找的。你不必陪我,我去看一看父亲。"

"也好。"若鲤点头，又忍不住叮嘱，"学堂的事跟父亲商量下，年下也该上学了。"

与若鲤告别，我来到汪字园。

进了前厅，发现两边的楠木镶翠嵌刺绣山水碧纱橱换成了紫檀雕卷云如意的屏风，那纱橱是婉彬定做送与父亲的寿礼，大约是睹物思人，父亲不忍再见吧。自大病后，父亲便鲜出园子，整日在屋中修养，晚辈们每日来晨昏定省也不过一两刻时辰。自婉彬走后，他心中愧疚甚深，整个人的精神也委顿了下去，形容愈发憔悴。

我见沈通端了药迎面走来。

"通叔，父亲醒了？"

"刚醒，正准备吃药。"沈通低声答。

"给我吧。"我接过托盘，沈通为我挑开紫金绛丝的砗磲编绣帘子，"药烫小心些。"

我点头，走进了父亲休息的暖阁。

父亲见是我，脸上显出笑容。

"这几日觉得身上好些了么？"我将药端给他，看他悉数喝下，眼中不觉泛泪。

"哪里有生什么病，我身体好得很。这沈家我尚可掌持十年无碍。"父亲笑道，那笑容却疲倦不堪。

"十年哪里够，要五十年、八十年……一百年才好呢。"我轻轻笑了笑。

父亲无奈笑笑："前些日子给沐先生去信，望他能从隐士生活中归来，与我同商幽芳亭扩建之事，不料沐先生

不愿。"沐先生与父亲是兰友,亦是挚友,早年间他还曾住在馨园教我们诗词歌赋、绘兰之法,幽芳亭也是他与父亲共同筹划建立。如今岁月更迭,他归隐而去,馨园留父亲一人独赏了。

　　父亲勉强提起精神:"婉彬,可有消息了?"我低声道:"还没有。"

　　"是我对她护念得不够,她不顾我,不顾这个家而去,也是情有可原。"父亲幽幽叹息。

　　"婉彬一时为情所困,也在情理之中,她会回来的,父亲不必太过忧心。"我安慰他,心中却也担忧。

　　"哎!刚刚去看过清儿了吧?自从婉榕去了,沈家很久没这样热闹过了。"父亲眼中满是忧愁,头上的白发似乎又增了许多。

我不免有些哽咽。

他见我眼中有泪，又忙笑道："昭忱，以后不论你做什么，只需记得我的话——一定好好活着。"

"是，父亲。"我颔首，怕泪真的落下来。

半晌，我才道："父亲，若鲤的学堂开始招收女学生了。"

父亲沉吟了片刻，抬起头看着我说："真的要去读书？"

我点点头。

父亲亦点头："我已吩咐沈通帮你办好了一切。"他见我诧异，便又笑道："每年的斗兰诗文雅集，我们沈家的女儿若有意参与，我也都是赞成的。不过，你若是学不好也不要为难自己，不喜欢那儿便回家来，一切随心。"

我道："多谢父亲。"父女二人相视一笑。

待我去学堂那日，已是第二年的立春时节了。整个冬天我都窝在馨园足不出户，这一年的冬天越发湿冷。记得我刚从北平来时，虽也是不大习惯江南的冬季，但也没有如今的倍感难熬。偶尔若鲤来探望我，两人了无生趣地说几句有的没的。若景那边没什么消息，即便除夕那日见了，也是相对无言，想是何羽芝刚生产，有许多要忙的，他脸上喜色极少，疲惫多了些。春节时间，沈府芎草坊的婆子、姑娘们用干兰花制了一些祈福锦囊，刺绣多是牡丹、胜春、福寿、三多的纹样。春晓让我也做一件，道是以讨吉利。于是我绣了一件海升明月纹样，色彩也配得极为清淡。春晓笑说这锦囊不像贺春的，倒像是悲春的。众多锦囊混在一起给老爷奶奶、少爷小姐以及宾客们挑选，却不料，若景单单选了我做的那一只锦囊佩戴去了。

春节过后，馨园中的兰草宋梅、集圆、大雪素竞相开放。我随着若鲤乘坐沈府的车去学堂，当我们到了梵中学堂门口，车子的轰鸣使得学生们纷纷侧目，我心里暗道不好，如此招摇恐是日后难有安宁的日子。于是车子刚刚拐进大门，我便在一僻静处悄悄下了车。若鲤懂我的心思，便没多说什么，也同我一起下了车。今日我特别穿了月白色的竖领单衣和黑色提花锦裙，鬓边别了一只素银秋菊竹纹发卡，春晓说我如此打扮起来，整个人显得更清淡了。她问我为何不着新制的那件翠绿暗提花刺绣八宝的云锦春衫和鹅黄锁金绣马面裙，我淡然笑之，不去答她的话——又不是节日盛会，学堂里定是些书香门第的少爷、小姐，还是朴素打扮更符合学生的身份。

我与若鲤并肩走向教室，他一袭白色学生装，头发没刻意打理，松软的发丝随性地荡在他额间，我转过头去瞧他，发觉他的侧脸与若景越发相像，不知何时他那股少年稚气已全然消退，取而代之的是眉宇间的英俊清雅。

学堂里到处是春樱树和蔷薇花，一路上芳香馥郁，沁人心脾。

"以后咱们就是同窗了，你有什么不懂的可以问我。"若鲤道。

"哦？那以后，就要请勉童先生多多指教喽？"我微微一笑。

若鲤有些不好意思:"你又来揶揄我。"

"平日里只道是馨园的兰花幽香四溢,没想到春樱和蔷薇也如此香气逼人。"我见这里的美景忍不住感叹。

若鲤听了,便一笑道:"你是久居深宅……"

他还未说完,隔着老远就听见有人笑:"'深居俯夹城,春去夏犹清'呐。"我转身,见着一袭水蓝色衣裙的女子快步跟上来,待她近前我方才看清来人是邱悦行。她依旧一脸灿烂的笑。

"沈若鲤!"邱悦行大方唤道,她很快便看到若鲤身边的我,于是一脸惊喜,"昭忾?!竟然是你!你也来了?"

"你来得,昭忾便也来得。"若鲤也不顾邱小姐是否高兴。不过邱悦行似乎没在意他的话,而是上前来一把拉住我道:"这下可好啦,以后有人陪我玩啦。"

"昭忾没那么多时间陪你。"若鲤在一边说。

"哎?沈二少爷。"没想到邱悦行伶牙俐齿,她纤细的眉毛向上一挑,"我们女孩之间的事用得着你来多管闲事,难不成你还要寸步不离地跟着你姐姐吗?"

"谁说她是我姐姐!"若鲤急着争辩,在邱悦行面前,他又回到了那个跋扈的少年模样。我浅笑着看斗嘴的二人,只好置之不理独自向前踱去。

肆

  一切都是新鲜的,连阳光和空气都仿佛和沈府有些不同。

  梵中学堂为纵深多进的院落形式。进入学堂的大门后,经过头门、大门、二门,直行向前便是讲堂、御书楼,斋舍、祭祀专祠等排列于两旁。层层递进的院落,有一种庄严、神妙、幽远的感觉。学堂的西边院落,是以学斋、育学阁、鸣学轩、承经堂、孔庙等;东边的院落,则是炎黄馆、文昌楼、明道堂以及一座中型园林。

  踏上青石铺的小路,再穿过一段青瓦回廊,前方便是讲堂了。讲堂门口挂着"欢迎新学生"的白话条幅,书法刚劲有力。我、若鲤和邱悦行随着众人进了门,找到了各自的桌椅。

  我刚一落座,便听得四下有窃窃私语之声。

"瞧，那不是……"

"嗯，我知道，勉童家的，沈府里的大小姐，叫沈昭忱。"

"果然百闻不如一见啊，长相貌美，打扮得却是这样朴素。"

"嘘，别乱说话。"

我忙低头，身旁的邱悦行却笑嘻嘻地推推我："昭忱，听听，你可是'传说中的人物'呢！"

她此言一出，我更加害羞，只能将头埋得更低。

一名老者走到讲台前，他穿着灰色的中山装，花白的头发向后梳得利落，邱悦行告诉我这人是梵中学堂的教务。

"教务？"我念着这陌生的称呼。

"对，就是负责学堂里有关教学活动行政事务的。英文叫'Educational administration'。"她解释说。

教务先生却已经在台上开口了："苟日新，日日新，又日新。新思潮，新环境，新教育，新世界。你们是梵中学堂第一届男女同读班，果然是一派新景象啊。大家要珍惜每一次读书的机会，在历史的长河中，所有的一切都会随着时光的沙漏而去，只有精神永在。只有读书，才会让我们的精神得到净化；只有读书，才能让我们的精神保持最崇高的纯粹与真实。十分欢迎每一位同学的到来，不管你们曾经是梵中学堂的学生，还是通过这次场外考试考到这里的新生，我代表梵中学堂的所有老师，欢迎大家！"

他言罢，四下响起掌声，我也跟着拍起掌来。

"下面，请欢迎你们的新老师，姚先生。"教务的脚步声离去，一个新的脚步声响起，他的鞋子轻轻地踏在木地板上，带着一种稳健的、坚定的意味。我低着头，坐在教室的一角，准备开启新的生活，走进教室的这个人，却让我彻底改变了想法。

"大家好。"来人轻声道。

这声音太过熟悉，我不必抬头看，便知道讲台上那人是谁了。

本是从沈府大院里逃离这儿来的，却偏偏又遇上了他。

讲台上站着的正是若景。他与我来的同一天，做了这个学堂的新老师。他踏入教室的门，温和地笑，我抬头，见他的目光温柔地落在我身上，他看到我，眼神中有些吃惊，还夹杂着一丝欣喜。

我以为这是若鲤的恶作剧，但看他却也是一脸惊讶。

若景微微一笑："我没有备教义，今天是我们的第一堂课。在下是诸位的国文老师，姓姚，名若景，字月升。如何称呼，随各位的心。也不知在座的诸位对什么最感兴趣，今天我们就做一次开放式的教学吧。可以谈《论语》《大学》，说《孟子》《老庄》，也可以说说诗词歌赋、西方哲学，更能博古论今。"

台下却有一个稚嫩不屑的声音响起："不备课就来，先生好自信呐，还是觉得我们这些年轻的学生，无甚可教？"

我忍不住转头去看，见是一名戴着厚厚眼镜片的男孩，他坐在若鲤前面的座位上，看起来年纪不大，形容消瘦，眼镜后的一双丹凤眼炯然有神。

若景却不恼，他仍然嘴角带着微笑："呵，后生可畏，焉知来者不如今！这位同学，你有什么好主意与大家分享？"

若鲤的声音却传进我的耳朵："陈子沛，先生这不叫自信，开放式教学，倒真的是很新鲜的做法。孔子曰：'生而知之者上也，学而知之者次也，困而学之，又其次。困而不学，民思为下矣。'沈先生是想看看，咱们这群人，到底是'生而知之'，抑或是'困而不学'？"

"勉童，你倒是会解释。"那名叫陈子沛的少年推推他鼻尖上的眼镜道。

"哪里哪里，陈大才子。"若鲤突然放低声音，"讲台上的那位是我家大哥，别太过分，嘴下留情。"

陈子沛低声会意道："我也就那么一说，当真不会为难他的。"

"为难？说得轻巧，那你也得有这样的本事，我劝你莫要偷鸡不成蚀把米。"若鲤说完，不忘瞧瞧我的反应，我将目光撇开不去看他。

若景沉吟片刻，道："既然诸位都没有什么好想法，那么就请拿起纸笔，以兰为题，诗词曲赋皆可，写上一篇。文风自由，内容不限，请下课前交到台前吧。"

下课的铃声响起时，若景台前已经交了许多学生的诗文。我没好意思走到台前去，众目睽睽下直面他还是有些忐忑，于是把自己写的交给邱悦行请她代交。若景拿到我的那张，看得尤为仔细，他一边读，嘴角扬起笑容来："好，今天就到这里，下课。另外，沈昭忱，你来一下我的教务室。"

伍

若景的教务室在承经堂,承经堂是梵中学堂前身"明德书院"的藏书楼,门口依旧挂着旧时的两条楠木对联,联上以石青色刻有詹希元的字:"心地虚和皆学问,性天淡定即文章。"几个字有方四寸,劲健壮丽。

我忐忑地敲敲门,门内他的声音缓稳传来:请进。

请进!我从未用这样的方式与他交流过,但既然他用了"请"字,那么以后也正应该以礼相待了!

我轻轻推开门,走了进去。

"你……"

我们同时开口,各说了一句"你"。

他莞尔。我愕然,继而又羞赧一笑。

"你……怎么来了?"若景满目关切。

"怎么,学堂我来不得?"我故作嗔怒,抬目看他。

"不,我的意思是,见到你,我很高兴。"他顿了顿,幽幽地叹了口气,"昭忺,如今我们说话要这样生疏了么?"

"并未如此,你多心了。"我冷冷道。

"也对,在家中我们是兄妹,在这里我们是师生,那便这样罢。"若景并未在意我的冷淡,反而一展笑颜,那笑容里有释然的快乐和包容的爱意。他向来是温文尔雅的,对待任何一丝一毫的敌意都能轻松将其化解。他年少帮父亲打理生意时，便有四两拨千斤的能力，而如今随着年长，已然一身海纳百川的气度了。他总能瞬息捕捉到他人的情绪与心思，他的眼睛和心灵就如他琴上最细的那根丝弦一样敏锐。哪怕是面对我如今故意而为之的冷漠，他亦能感觉到在那冰川下，还燃烧着温暖的火。因此，他笑了。笑的是在这场感情的角逐中，他依旧胜券在握？还是笑他已成婚，而我却难忘旧情？而或又是，他根本只是习惯了视我为小妹，我的一举一动在他眼中都如孩童般任性可笑？我又想到若鲤，他们是兄弟，却有天壤之别，若鲤自小的冲动任性之气从未有过改观。思虑诸多，再次抬起头，依然见若景嘴角噙着暖暖的笑意望着我。

"你我如今是师生，并非我刻意冷淡你，只是师生间该以礼相待，理应如此。来到这儿，我还担心我太愚笨，先生们都不喜欢我呢。"我轻声说。

"我怎么会不喜欢你。"若景低声言罢，眼里闪过一丝悲凉的神色，但很快，他挥去那些不该有的神情，略有尴尬地解释道，"呵，我的意思是……你如此聪颖好学，谁又会不喜欢你？眼下找你来，是因为你国文虽好，但到底学校里的课程没有上过，基础不强，我闲下来也可以帮你补一补课，追上其他同学的进度。"

"这样好吗？"我有些迟疑地看着他，并不想让他为我破了例。

"我们是师生，理应如此的，方才你说的，还记得吗？"他的笑容可以化解一切忧愤，并令我卸下一切心防，我点点头,他随即又笑道,"那你以后每日过了晌午便来这里,我给你补课。哦,还有,方才大家的诗文课业在这里,闲来无事也来帮我看看。你擅长古诗词,你说好的一定不会差。"

我点头应允,从众多纸张中随意抽出一张,只见纸上几行娟秀的字迹写着:"临池一盏草,菡萏夜添香。玉叶娉婷立,相携对景光。"

"这是写兰草翠盖荷的。"我浅笑,见落款处写着邱悦行的名字。我又拈起另一张,这一张的字迹潦草,能见其中不凡的桀骜气度,与若鲤相似,却少了一分刚劲在其中,上写着:"韶光催又度,人世几回秋。羁旅留春色,汪洋送扁舟。荣枯风雨作,兴废大江流。数笔兰台草,悠悠千古愁。"

"好一个'韶光催又度,人世几回秋。数笔兰台草,悠悠千古愁。'"我忍不住惊叹,若景听我赞叹,也凑过来瞧,他执起纸细细看来,也连连赞道:"果然有气度,这是叫作陈子沛的?"

"陈子沛?"就是方才口出狂言欲刁难若景的少年?看他瘦弱不堪的模样,本以为只是酸腐的书呆子,没想到倒真有几分豪情。我暗想这学堂果真是来对了,有烂漫率真的邱悦行,还有奇才陈子沛,这学堂中还有多少我不知道又值得倾羡的人物呢?若景见我眼睛发亮,会意一笑道:"怎么,开始觉得这里有趣了?"

"有趣,真的有趣!"我扬起一丝笑意,随手又端起一张来看,这一张便是沈若鲤的了。

他写诗三首,第一首写集圆,这首诗本是他在三年前谷雨那日的斗兰大会上所作："天心禅月满，谁念落帆亭？百代浑一梦，无言草色青。"据父亲所言，春兰集圆之发掘者乃一云游老僧，又因其正格梅瓣，花朵圆满，故有此句。而"落帆亭"，则是位于嘉兴一带，正是传说中集圆一花结缘之所。斗兰大会时，湘西小客沈文即作了《达摩》与若鲤的《集圆》相较，至今我依然能记得沈文的那首："无意拈花，有情指月。凭虚面壁，空色明灭。"父亲当日有言："达摩之花并不出众，而专以叶艺闻名，其叶片如指，平伸凌空，如高僧指月，似有非有。一盆达摩搁置高几之上，面壁之态，四面凌虚。达摩的叶艺，忽明忽暗，或浅或深，有大有小，时宽时窄，如色空隐显之相，提醒世人。小客的诗做得好，胜犬子若鲤一筹。"众人遂赞之。

若鲤的第二首兰诗写的是春兰名品月佩素："孤城一夜雨，风吹太湖清。冰鉴花间宿，幽兰素抱明。"月佩素其叶姿弓垂如开扇，端正软韧，叶色翠绿而光亮，花苞淡绿晶莹，花瓣碧绿有光如翡翠般晶莹透明。月佩素本是清光绪年间湖州钮慎五先生选出于湖州本地山中，与嘉兴许霭和互换宋梅，得以流传至今，所以又称钮荷素。据悉当年在佟王府，除解佩梅以外，母亲最爱的便是这月佩素，可惜佟王府败落之后，人去宅空，最终母亲只保得解佩与父亲赠予她的余蝴蝶。

而最后一首，则是我母亲佟栩夕为余蝴蝶所写："人生伤往事，春草亦悲秋。不见清风里，菊开旧年愁？"

余蝴蝶是父亲送与母亲的定情之物，母亲以春草自比，思旧年，念旧人，却无奈落得一腔空愁。

若景读此句也沉默下来。

陆

"现在还有课要上,其余的咱们回家再一起看吧?"我道。

"好,现在也晌午了,去吃个饭?"若景一边拾掇桌面的纸张一边说,"还没看到你写的是什么,回去待我细细看。"

"下次吧,今日我约了人。"我淡然一笑。

"哦?"若景神色黯然下来,"咱们如今一起吃个饭也不好了？"

"不是你所想的那样，我和勉童，还有邱小姐约好了。"我轻声说。

"邱小姐？是晨曦布庄邱老板的女儿邱悦行？不知她和勉童如今……"若景点点头，"那好，咱们就下次一起吧。"

待我到那西洋餐厅，邱小姐和若鲤他们早已等在那儿了。餐厅的玻璃门高大明亮，我推门而入，门角撞得陶瓷风铃叮当作响。我抬眼望那风铃，二十四枚磬状风铃从上至下如瀑泄下，下摆处系了许多个蝴蝶兰的花苞，每只磬上还绘制了西洋兰的花样，声音清脆悦耳。

我观这风铃出神，只听得邱悦行唤我："昭忱！昭忱！"

我缓过神来，身旁却响起若鲤的声音："怎么，喜欢这风铃？"语气里满是宠溺。我嗔怒，回首看他道："并不喜欢。"

"不喜欢？那站在这里发什么呆。"他抿嘴一笑，"喜欢就买给你，吃完饭我就叫人把它收起来给你送回沈府去。"

"不必。"我冷淡回他，朝邱悦行一行人走去。

待我坐下，邱悦行没心没肺地笑："那风铃有什么好看，西洋餐厅里多的是，刚见若鲤走到你身边你都没觉察，他在那儿陪你半天了！昭忱，我给你介绍一下，这位呢，是陈子沛，也是我们的同窗。"

我看向若鲤身边的陈子沛说了声"你好"。

陈子沛忙道："沈同学，你好，叫我子沛就行。"

邱悦行也忙附和："啊，方才姚先生找你是什么事呀？"

"没什么，课业上的一些琐事。"我看向若鲤，他就坐在我的对面，目光却始终不肯直视我。或许他想到月升，想到我，心中难免不悦，可我又没有任何理由需要向他解释，于是桌子间众人沉默了。

倒是邱悦行先开了口："勉童，你要吃些什么？"

"没胃口！"若鲤将菜品单子掷在桌子上。

"不吃东西怎么行，下午还要上课呢。昭忱，你吃什么？"邱悦行仔细阅读菜品单上的菜式，坐在一旁的陈子沛探过头来。

"这菜名起得够新鲜的，'故人西辞黄鹤楼'？这是什么菜？"他问。

"哎呀，那就是焗千层面！"

"哈哈！那这道'关关雎鸠'呢？"

"烤鹧鸪！"

"好好的窈窕淑女，烤起了鹧鸪，这家酒楼，当真是伪学识，厨子就是厨子，怎么能和士人相比，起个名字也矫揉造作的，煞风景，煞风景啊！"陈子沛一边说一边摇头晃脑。我忍不住笑了。

"这叫创新，教务都说了，苟日新，日日新，又日新。你吃不吃？不吃就罢了，没用的话还那么多！"邱悦行见我笑也跟着笑起来。

"昭忱，听说你英文很好，还会日文。能不能也教一教我？我英文极差。"陈子沛对我道。

我忙谦和回他："我哪里有这个本事，来这儿还要多和你们学习呢。"

"哈哈，你就只当诲人不倦罢！如何？来，我给你倒茶，以茶代酒，就当先敬昭忮先生喽？"陈子沛说着，提起桌上的茶壶给我斟茶。

"啪嗒"一声，若鲤将茶杯撂在桌子上，空空的茶杯转了个圈儿，歪倒下去。

"我要一份'花田错'！"他不悦道。

"'花田错'？哦，就是这个，黄酒炖牛肉。"邱悦行不解风情道，"咦，你刚才不是说不吃么？"

"大中午就吃得这么厚重，你也不怕腻歪！"陈子沛也随着附和。

若鲤瞪了瞪眼睛："再腻也没你腻！"

陈子沛瞬间有所顿悟，他尴尬地笑笑，没再言语，只是执起桌上的茶壶，又给若鲤倒了杯茶。"喝茶，喝茶。"他摊摊手，干笑两声。

见桌间诸位尴尬，我只能道："子沛，你是勉童的好友，勉童这个人，脾气是差些，但他人是很好的。小时候家里对他管束得不多，所以难免任性了些，你莫要怪他。"

陈子沛感慨道："我知道沈若鲤是什么样的人，沈小姐你无须客气，也无须担心，他嘛，以前很冲动，路见不平，随时随地都能拔刀相助，如今长大成熟了，表现得比从前好多了。所以对于沈若鲤，我们都清楚他的为人，你放心。"

我见若鲤神情放缓和，用餐间众人无话。待回学堂的路上，邱悦行与我走在若鲤和陈子沛的身后，她悄声道："昭忮，你和若鲤如此要好。我知道，我和你自然是比不了的，你是他姐姐嘛。只望你多在他面前说点我的好，多谢你啦。"

我见她殷切的模样，心里却难熬。她如此眷恋他，可他却丝毫不察觉，真真印证了那句"落花有意流水无情"，可这以后，若鲤与邱小姐之间的事，恐我说什么或者不说什么都有所不妥了。邱小姐见我失神，于是问道："昭忱，你这是怎么了？"

"哦。"我莞尔，指指墙外盛放的荼蘼道，"我在想，荼蘼花开春事了，夏日将至。"

那荼蘼花攀缘着青色湿滑的砖墙，云朵般的白色小花儿伴着翠色欲滴的浓密绿荫，阳光柔和的午后，我竟然走在学堂里，真是想也想不到的事。

邱悦行不明就里地看着我："荼蘼花开春事了？"

"邱小姐，你说话直来直去的也就罢了，昭忱思虑谨慎，你说了些不该说的话，平白给她添什么麻烦。"若鲤转过头道，"昭忱，你不用在意邱悦行所言，她说话很欠缺考虑。"

"勉童，对待邱小姐要和善些，你如此粗心大意，以后可该如何是好？"我只是浅声说道。

期间若鲤与邱小姐又拌了几句嘴，一路上甚是欢乐。我望着路两旁的琼花沉默，不觉已进了文昌楼的鸣学轩。我远远地望见若景的身影，内心的惶惑转瞬不见，看见他，心里只剩下安然。他见了我，也是远远的笑了，那笑如空中朗月。

"昭忱，你看姚先生真是风度翩翩，可算是我们学堂里最英俊的老师了呢。"邱小姐笑道，"你们沈家的人都如此貌美，真是令人倾羡。你看看你，肤若凝脂，目如秋水，唇不点而朱,声音也悦耳动听。不然这样,下学了你随我去晨曦布庄吧。听我爹说,布庄里的云锦、缂丝都来了很多新鲜的花样儿,或者我挑些绣好的丝绸给你,今年绣娘的手艺特别好。我挑出一匹给你做衣服?这春天快尽了,你总穿得这样素,可惜了一副好面容。"

"下了学,我还有事,赠礼之事就不必了,谢谢你,悦行。"我浅笑道。

"哦,如此。"她眼中略有失望之色,"那你同若鲤一起回沈府?"

"嗯。"我点点头,不再说话。

我怎会不懂她的心事?可这个忙我恐是帮不了的。

下了学,邱小姐目不转睛地望着若鲤似有话要说,但却终没有说出口,眼睛里尽是不舍之情。我随着若景去了承经堂,待授完课已是黄昏时分。我们相携走出门,太阳已入橘黄,软软地贴在天边,空气是湿漉漉的,混合着琼花的香气。

"这几天可还习惯?"若景帮我抚去肩上的落英,轻声道。

"挺好,大家都很友善。"我轻声答他。

"那就好,原本还担心你不适应这样嘈杂的环境。"他浅淡的担心却让我内心泛起波澜。

我故意不去看他:"学校不嘈杂,这里每个人都干干净净的。"

他哑然失笑,继而又肃然:"你这话说的,倒像是外面的人都不干净似的。"

他沉默良久，突然说："我已经叫羽芝尽量少去馨园了，希望不会打扰到你。"

"大嫂最近和那位秋山先生走得近，大嫂本性单纯，我担心她遭人利用。那位秋山先生似对父亲的兰草觊觎已久，若是他想索要兰草，莫说父亲不依，我亦不会同意。"我回忆起在馨园遇见他们的事，忍不住和若景说。

"你一个人在馨园，自然没人帮衬，若他下次再来，你叫春晓来找我，我去见见他。"

"多谢大哥了。"

"怎么，现在不叫先生了？"他莞尔，微笑在夕阳下温暖欢畅。

我低头浅笑，身后一个声音突然入耳："欢天喜地的，二位这是去哪儿？"

"勉童？"若景回首，道，"回家。一起吧？"

"先生好雅兴，昭忱是我班女学生，先生总单独邀约，这恐怕有辱师风吧。"若鲤句句带刺，惹得若景的脸色不好。

他轻叹一声："勉童，你这是何必？你明明知道。"

"大哥，明人不说暗话，发生了这么多事以后，你总该避嫌才好。"

若鲤一席话，让若景愁眉不展，他安静地看着若鲤，一字一句道："勉童，我无任何私心，何必在意他人所想？"

"你无所谓，你无私心，但昭忱是女子，她已不是小时候，你是大哥，是兄长。"若鲤轻笑，"自己的有些心事，忍不住也要忍，因为是你走错一步在先。你已成婚，莫忘了自己的身份。"

"勉童,我问心无愧。"若景淡然答之,转身离去。

柒

"昭忱,你等等。"若鲤快步赶上我,拉住我道,"昭忱,你我相处这么多年,应坦诚相待。你扪心自问,能给你幸福的人,绝不可能是大哥,他已经和你,和我,不是同一个世界了。他的未来里,有何羽芝,有清儿,不会有你我。我只希望你开心,若你心里没我,我可以等你。"

即便我精疲力竭、痛楚难当,可依然不屑说自己心里的委屈。我转头看着馨园中满目的兰草道:"我知道你要说什么,你怎样想的我也清楚。但我无须向你解释。"

若鲤沉默一阵,声音也低落下来:"昭忱,你从不愿同我说心里话,可是我都知道的。"

"你不需要知道。"我的神色中带着一丝落寞。

"别急着拒绝别人。如果这世上没有人懂得你,你会孤独。我想走进你的心里,可是……"他说到动情之处,眼睛闪闪发亮,那双年轻的眼睛就像一湾星河,真挚动人,我慢慢地合了合眼睛,心中微微一沉。

"你是阳光,我只是一座旧房子,阳光应该洒在广阔的田野里,照耀在需要它的地方。阴暗的角落,就让它自生自灭吧。"

"昭忮,以后莫再这么说了。"他眼中尽是心疼,缓缓道,"阳光一定会照耀在每一个角落。即便你还是王府里的小格格,即使天涯海角,我们也会相遇的。"

窸窸窣窣的脚步声传来,未见来人,清脆娇美的声音已入耳:"哟,我和秋山先生来的不巧。"

我抬眼,见何羽芝与秋山夏站在不远处的木桥之上。

"大嫂。"我微微颔首。

"大嫂这是何意?"若鲤正色道。

"我哪里有什么意思,我不过是在说这天高气爽,连那鸳鸯恩爱都不避着闲人呢,喏,你看。"何羽芝那双灵动而美丽的眼睛瞟了瞟桥下的河面。

此时河面上一片平静,别说鸳鸯,水鸟也不见一只,偶尔有落叶飘落,荡起一湾涟漪罢了。

她莞尔一笑道:"哟,都飞走了,想是怕人看见。这见不得人的事,总归要藏起来才安心,你们说是不是?"

若鲤知她胡说,只轻轻笑叹道:"大嫂和秋山先生来馨园,有何事?"

秋山向我二人行礼。

何羽芝笑道:"我带秋山先生来馨园赏赏父亲的兰花,怎么,有何不可?"

我向秋山道:"秋山先生,馨园不许外人随意出入,这是家父的意思。"

"佟昭忮,到底谁是外人你心里比谁都清楚吧。"何羽芝语气凌厉,一双眼睛冷然地盯着我。

若鲤淡漠道:"大嫂说话请三思,还没人敢说沈昭忱是沈家的'外人'。"

"勉童,她是谁家的人,你便清楚了?别说她来了沈家不过十年,十年前你还是黄口小儿,莫论她母亲的来历了,她的来历你又如何知道?"何羽芝的笑容又浮起,瞥了眼若鲤身边的我。

"大嫂和秋山先生请回!"若鲤不想与何羽芝多言,于是扬手送客。

"我不过是爱兰心切,如有冒犯深表歉意。"秋山举目四顾,有些惋惜道,"馨园兰草之众,远在我意想之外,可惜不能分享之,实在让人遗憾。"

"秋山先生,沈氏既称'兰门',自有规矩。有些事可为还是不可为,秋山先生应该能明白。"我垂下眼帘,态度尊敬,却丝毫没有退让之意。

"我听说,沈小姐曾经是清朝王府里的格格,要知道,在东北,我们的军队还扶持着你们的皇帝。"秋山一字一句道。

我不动声色:"馨园兰草是家父拜访三山五岳,遍寻天下艺兰人得之,亦是我兰门沈家祖祖辈辈对君子之道的传承。馨园中种植的是兰草,护兰之心亦是守护我中华大地之心。馨园不为外人所开,乃我沈家之道。既然先生言及国家之事,那馨园便更不能欢迎先生了。"

"沈小姐以馨园比国,是否言重了?常闻昭忱小姐是多才的女子,对兰草的认识也继承自沈先生,据说还会以兰草制香,香可医疾,连福建林先生之女的咳疾都是昭忱小姐以兰香医好的。"秋山夏顿了顿，"我还会再来的，希望有机会能与沈先生、沈小姐切磋。"言罢，秋山拱手，向我二人告别。

何羽芝还想说什么，却传来匆匆的脚步声和喘息声，只见春晓一路跑来。

"小姐！二少爷！

"怎么了？跑得那么急。"我见她气喘吁吁，涨红了脸，忙问道。

"三，三……"她大大喘了口气，才答道，"三小姐回来了！"

"什么？"我与何羽芝不约而同问道。

"婉彬回来了？"

若鲤拱手道："秋山先生，沈家家务事，与先生就此别过，春晓，送客！昭忬，我们走吧。"

捌

婉彬意外地回来了，在一个飘雨的早晨。

春晓打开门，她正坐在大门外的上马石上。那块石经久不用了，管家差人把它扔在石狮的后面，春晓出来泼水时见她坐在石上。

我们随着春晓一路小跑，来到汪字园。

转过回廊，急急撩开七彩琉璃帘，推门便见林冯萍眼角含泪地坐在罗汉床边，而沈婉彬正跪在屋子中间，她面容消瘦，再没了从前那明眸少女的模样，乌黑的青丝已盘成妇人的发髻，一身灰布衣衫倒是整洁干净，但看她神色憔悴，我与若鲤十分心痛。

"婉彬，"若鲤忙唤她，"婉彬，你……"

沈通忙答道："二少爷，下响儿春丫头一开门，就见婉彬小姐坐在门前的上马石上。那块石经久不用了，我早差人把它扔在石狮的后面。"

"我知道了，通叔。父亲呢？"若鲤问。

"哦，老爷受邀去邱老板那儿，这已经派人去请回来，估计在路上了。"沈通是沈家的老仆，从他祖父辈起便是沈府的管家，传到他这里已经是第三代了，与沈家的情分自然比一般的家仆要亲近得多。他为人精明老道，谨慎冷静，而手段也是辣得很，不过对主仆之礼却从不逾越半分。

"那就好。"若鲤点头，对沈通办事之力也较为满意，他又心疼地看向婉彬，"婉彬，你怎么跪在这儿？地面凉，快起来。"若鲤上前一步想扶起婉彬，婉彬却躲了躲，神色里透着陌生。他心下一凉，皱皱眉头："婉彬，你这是干什么？"

林冯萍一边抽泣一边道："让她跪着吧，她喜欢怎样就怎样。不走了就好！"

"可若是婉彬这样见父亲，父亲又该伤心了。昭忟，你……"若鲤目光一触及我，我便知他心中所想，于是点点头。

"我现在就带婉彬去梳洗。春晓,快扶一下三小姐。"我轻轻走到婉彬身边,俯身在她耳畔低声道:"婉彬,过去的就让它过去吧。你既然回来了,自然不想再让父亲伤心吧?你随我去梳洗梳洗,可好?"

婉彬在春晓的搀扶下起了身,想是听进了我的劝告。我们转身走出去,经过若鲤时,我轻声对他道:"你放心吧,先陪陪林姨,看她那模样,也不好受。"

春晓把婉彬带回我的房间,也许是因为近一年的奔波与悲伤,她瘦了很多。身上着一身干净的灰青褂子,两条辫子变成了一个圆黑发亮的发髻。

我忙让春晓给她换上了我的衣裙,将她的发散开,想为她辫辫子。婉彬却拒绝了,她自己熟练地将头发绾起,仍绾成原先的发髻。

春晓诧异地看了看我,我朝她摇了摇头,示意由着婉彬就好。

春晓点点头,复又笑道:"小姐你看,三小姐穿这件水绿琵琶袖还很合适呢,百褶裙也好看。若是找绣娘在袖口、衣领上绣些桃花的样子,就更美了,'人面桃花相映红'嘛。"

"你也懂诗词了?"我也笑了,从红漆珐琅盒子里挑出一枚透亮的翡翠簪子,轻轻簪在婉彬的发髻处,又拣出两朵淡蓝色的绒花,一支松鼠葡萄嵌宝石金卡子,左右比了比,把绒花簪在她的左鬓,将她的乱发梳起,用卡子别在脑后,才道:"这套衣裳可以吗?今年的新料制的,我没舍得穿。我想,你的衣服都在你的房间,这么久没有洗过,就先穿我的吧。"

婉彬低沉落寞地答："嗯，挺好的。"

看她垂头敛容的模样，我很是担心："婉彬，你还好吧？"

婉彬哽咽道："不好，怎么会好呢。他跳江自尽了。我们说好了的，等他们在江上演完那出戏，一起回五槐门。可是……"她一边说一边大哭起来。

我的双手颤抖起来，明是早就知道此事的，可再听起来，心里依然难掩伤痛，我轻轻覆住婉彬的手，安慰她道："方老板是性情中人，如今他去了，定也希望你能释怀，若你总是心有不甘或哭哭啼啼，他九泉之下恐难以瞑目。"

婉彬哭了会儿，擦擦眼泪道："当时他们被请到了一艘游船上，本不知道那船上竟是些日本的官兵。那些日本人，强迫他唱《武家坡》，君柯说他唱旦，武生虽也唱，但只唱罗成……后来，他被割伤了脸。君柯说再也没有懂他的人与他想懂的人了，他也不能唱戏了。梅灵姐本想要随方君柯一起去了的，可是她找到了君柯的衣服，那一捧遗物总是要有个归处的。听说后来她把那衣服下了葬，就……就在坟旁的一棵树上。"她不再大声哭泣，转而低声呜咽。

我低声叹气，不想自己的伤感让婉彬更伤怀。我以绢帕拭泪，不再言语。

敲门声响起，春晓擦擦眼泪，起身去开门。

门打开，是若景夫妇。

"我们来看看婉彬。"若景道。

二人进了门，何羽芝上前一步说："婉彬，你大哥刚从学堂回来，得知你回来就立马赶来了。"

若景轻声道："羽芝，别多说。婉彬，你可还好吗？"

婉彬微微起身道："大哥，大嫂。"

何羽芝忙扶起她道："哎呀，免礼了免礼了，你快坐着吧。我们只是来看看你，如今你身子单薄得很，我就叫厨房给你炖点燕窝、人参补补。还有，这旧衣服穿着怎么行呢，明儿我让秋文去给你做几套新的。哦，你的房间现在已经在打扫了，这里地方小，要不，婉彬，你去我们那儿？"

婉彬道："我在这儿挺好的，多谢大嫂挂念。"

若景清俊的面容上笼了一层冷清的笑容，唇齿间衔了疏淡的一抹忧郁，他抬手碰碰何羽芝的臂肘说："羽芝，让婉彬好好歇歇，咱们先回去吧。"

何羽芝却还似乎有话要说："可是这……"

若景拉住她的手，推开门向外走："走吧，走吧。婉彬，你好生休息，别多想，过去的事就暂且放放，只要你自己不在意，别人都没什么说的。春晓，照顾婉彬本该是我们的责任，如今让你费心了，好好照顾三小姐，麻烦你了。"

我知他这话是说给我听，我与若景对视片刻，朝他微微一笑，他便点点头，携何羽芝离去了。

"大少爷、大少奶奶，你们放心吧。大小姐、三小姐，我都会伺候好的。"春晓送他们离去，转身幽幽叹道，"如今大少奶奶说话的口气，和太太倒是真像。"

"春晓！"我责备地看了她一眼，随即又看向窗外，窗外一枝粉色蔷薇斜倚进来,娇嫩欲滴的花瓣儿,沁人心脾的香气,让人神清气爽,这个时节,兰是不开的,倒是让蔷薇分外骄傲了。

"同为花朵,香气却迥然不同。兰草幽香,时有时无,可这蔷薇却整日里争芳斗艳,也不知道个累。"我叹道,春晓自然是不懂我的意思,她送婉彬去歇息后,拾掇起婉彬的旧衣,道:"这衣服是送去洗衣坊还是悉数丢了?"

"三小姐的东西,该询过三小姐再说。"我轻声道。冬雨拿了一方靠枕垫在我身后,我嗅着浓郁的蔷薇花香,沉沉睡去。

待我醒来,已是黄昏。

移步馨园,晚风习习,远眺过去,兰圃如翠色海浪般随风软绵绵地荡漾,置身于这海浪中,湿润清凉的空气抚过露在袖外的胳膊,竟是醉人的触感。

我伫立风中,闭上眼睛,有些贪婪地深深呼吸这馨园特有的舒适气味。

"爹和婉彬见过了,他只说了一句'回来便好'。"是若鲤的声音,他的语气淡淡的,声音柔和,和这馨园的空气一样令人舒畅。

"是啊,回来便好。"我没有睁开眼睛,如感受风在我耳边的柔情叮咛。

婉彬再也不像以前那样坐在回廊中看书,也不再嚷着叫我陪她去绸缎庄看有没有新样子上架了。

婉彬说,她愿意为方君柯守一辈子。

若鲤有一日突然说想将陈子沛介绍给沈婉彬认识，可方君柯是那样一个有才情又心思细腻的男子。

我有些心疼地抚抚沉睡中的婉彬的头对勉童说："再给她点时间吧。"

时间总是能改变很多东西。

直到如今，婉彬在我的记忆中还是她离开沈家大院时候的情景。她的笑，她的哭，她的喜悦与悲伤，都留在尘封的记忆中了。

玖

你说他像不像方君柯？若鲤所言的，是陈子沛。

这让我突然理解了一件事，那便是为何陈子沛有一种让我觉得熟悉的感觉。

他真的像方君柯，他们有一样的笑，一样的眼睛，一样的轮廓，甚至神情都很像。陈子沛这个人是不苟言笑的，平日里只知道读书，很有才学，但为人冷漠。他只有与若鲤在一起时，才会笑得那样开心，当年的方君柯也如此。

我突然又害怕起来，这样相似的两个人，倘若婉彬见了会怎样？她本已平静下来，接受了方君柯已不在人世的这个事实，她说梅灵随着君柯去了，她不想再让他在另一个世界里也为难，所以她要活下来，活着受苦，为他守一辈子。如果陈子沛再出现在她的面前，我不敢相信那是怎样一个结果。

我如此害怕，是因为若鲤说陈子沛下个周末要来沈家做客。

"子沛人很好，别看他平日里待人那么冷淡，但如果他愿意照顾婉彬，这对婉彬也是好事情。"若鲤说。

"可是，婉彬愿意吗？"我忍不住问。

"他和君柯长得那么像，想来应该……"

"也许越是相像，就越让她觉得伤心难过。"我苦笑，人有时候是很奇怪的，正因为陈子沛像极了方君柯，而他事实上又不是，这样一个活生生的人站在婉彬面前，才是真正地令人痛苦。

"你这样说，也有一番道理。"若鲤叹口气，"这会让婉彬想起那些悲伤往事，但我又不想让我唯一的妹妹，为一个故去的人守一辈子，那样也不是幸福。"

"在你眼里，什么是幸福呢？"我问若鲤。

若鲤牵起我的手，笑容洋溢在脸上："你说呢？"

"忘记，也许忘记所有，才是真正的解脱。"我回答。

"我们谁也不嫁娶，一辈子守在一起如何？"他突然笑着说，眼睛清澈又真诚。

"好啊！"我想也不想地回答，但又忙改了主意，"可是，你要娶邱小姐的。"

"怎么你也这么说！"若鲤有点生气，"我为什么要娶她，父亲母亲喜欢她，那就让他们娶她好了。若自己的人生都决定不了，何必为人！"

若鲤不懂，人这辈子，有时候"选择"是一件比"失去"还要痛苦的事。我不想伤害父亲，他是那样爱母亲，如果他知道我的到来只是母亲的一个谎言,他人生余下的日子该将在伤心中度过了。

"好,那就永远在一起,不分离。"我只好安慰他。

"你愿意?"若鲤拉着我,他很高兴,"以前从没有听你这样说过,你是不是喜欢大哥多过喜欢我呢?"

"我与月升哥哥,是同类。"我说,"我与他之间,是相互的珍惜与保护,爱护彼此,就像爱护自己一样。"

"爱护彼此,就像爱护自己一样。"若鲤重复着我的话,轻叹道,"父亲其实一直都很难过,他爱你们,与爱我没有什么区别。你初来沈家,他在私底下交代下人待你要像长小姐那样尊敬;他在城西选了一块地,准备盖一个公馆,希望他百年之后,你还有自己的家。父亲送给大哥的那把琴,是他亲手做的,他把大哥和你,都看作最珍贵的人。"

"可是他还是娶了你的母亲,把我和大哥的母亲置于何地?他爱她们,又爱在哪里?"我承认,这话非常刻薄,其实只是我心中的那个勇士变得怯懦,我害怕父亲与若鲤给予我的爱罢了。

这是两份令我承受不起的爱。

"那你母亲的谎言呢?你是父亲的女儿吗?昭忺,为何你要对父亲如此苛刻,他待你如亲生女儿,只因为他爱你的母亲!这种刻骨铭心的爱,是我母亲用半辈子的陪伴都没能得到的。"若鲤眼神中有些难掩的落寞,"陪伴才是最真的爱。"

"我苛刻?"一丝惨然的微笑浮上嘴角,"母亲在我面前死去,把我扔在一个陌生的人家,如果换作是你,你又该如何?我寄人篱下,苟且偷生,还要感恩戴德?如果父亲爱她,何必要扔下她?"

"昭忔,你……"若鲤惊诧地盯着我,"什么苟且偷生、寄人篱下!从来没有人那样对待过你。我看过大哥和北平往来的信,你根本不是父亲的女儿。大哥明明知道你不是我姐姐,还要替你母亲继续隐瞒这个谎言。他对你的感情我知道,你也知道,可是他依然与何羽芝成婚了。他和父亲一样,他们不是随着心做事的人,可并不代表他们不懂爱,不会爱。每个人爱的方式不一样,昭忔,你是聪明人,懂的道理该比我多!"若鲤有些激动地低声说。即便是低呼,当我看见站在回廊处的大嫂何羽芝,我知道她全部都听到了。

"若鲤,昭忔。"她慢慢说,"你们在这儿啊。"

何羽芝牵着清儿的手,晃晃说:"清儿非要我带她出来散散步,刚学会走路的孩子都是这样。"

自那一次,何羽芝看到我时,总是欲言又止的神情。

她是一个现实而略有些迷茫的人,林冯萍不喜欢若景她知道的,但她还是义无反顾地嫁给了他。在这场婚姻里,她是孤独的、坚决的。她时刻要保护好若景和她的爱情。我懂她,却不能如同她那样生活。她可以选择,而我还未选择就已经见到了结果。

日头快要落下去了,天边晚霞是血一样的颜色,今天的馨园却不若往日那般宁静。

我站在采辉阁之上,推开窗,便能见得整个兰圃。只见何羽芝领着几名眼生的家丁站在兰圃田埂上的一棵泡桐树下,她一身紫衫,与泡桐的花儿相衬,她的声音传来。

"馨园的兰花本是好的,如今都给糟践了!"她声音高昂,生怕别人听不见似的,"那些外人住在馨园里觊觎我沈家的兰草,鸠占鹊巢攀了高枝儿不说,还敢自视是馨园的主人么!"

"少奶奶,这花儿名叫余蝴蝶,是昭忱小姐从京城带过来的,本也不是馨园的。"家丁沈言平日里只是给馨园除草,有点怯懦,他抱着余蝴蝶,低声下气地说。

"天下兰草进了馨园,便是馨园的兰草,这是沈门的馨园,不是佟王府的馨园。清朝早就过气了,佟王府也没能善始善终。"何羽芝瞥了眼采辉阁上的我,一笑,"罢了,今儿天好,不说那些丧气事儿。月佩园里的花木茂盛,这余蝴蝶便送去做六月雪的盆草吧!"

"盆草都是用蒲草搭的,少奶奶。"沈言实话实说,却遭到了何羽芝的怒斥。

"我喜用什么便用什么!轮得到你多嘴!"

月佩园是与沈府北花园相连的一所配院,其间也有山有石,有水有桥,林木茂盛,花草遍地,亭台楼阁样样不少。早先月佩园名为"独幽浮香",园中有若景母亲姚景珍的佛堂"拈花轩",后姚氏去世,林氏入门,她不喜"独幽"二字,认为"独乐乐不如众乐乐",于是以兰草"月佩素"为名,将园子改为"月佩园"。而"拈花轩"几字是若景坚持要留下来的,他幼年时父亲远在京城,母亲姚氏身边只有他一人陪伴左右。若景每日陪姚氏念经礼佛,"拈花轩"是他与母亲唯一的回忆了。据闻，若景幼时还有一位名为若维的兄长，生前也住在这园中名为"绿藻"的小园，只是他还未到二八年纪便因病夭折。沈若维是一名艺兰的天才，他在兰草上的天分是若景与若鲤全然比不了的。我曾在绿藻园中寻得他记载的关于兰草医病的笔录，那份笔录为残卷，用麻绳装订着，封皮以羊皮纸所覆，题字"芗兰引"，笔锋遒劲有力，不似少年所为。笔录中虽只有片段的只字片语，但他的天资才华可见一斑。可惜若维早逝，但他所遗留下的那份笔录，却成了我后来研习的重要资料。而我所制的兰香草丸也多是受他这本笔录的启发。

正想着故人旧事，却见春晓已经到了院子里，她挡在何羽芝等的面前。

"啊！大少奶奶，这可不成。余蝴蝶是小姐千辛万苦才又养活的，再搬移恐怕活不成。"春晓道。

"你是哪个？难道你是这馨园的管家！"何羽芝四下一看，道，"沈通呢？沈通哪去了？"

"回大少奶奶，我叫春晓。"春晓为难道，"兰花不让移出馨园，这是老爷的意思，少奶奶就别为难我们下人了。"

"春晓？"何羽芝眉头一扬，娇美的面容上衬着一丝讽刺的笑容，"呵呵，我知道你，二少爷送给昭忺的丫鬟嘛。以前是陪二少爷的，如今被送人了，不伤心么？当然了，你们这些下人看家护院自是应该，但现下主人既然来了，该让道的还是得让道。"

春晓被她一席话说得脸色涨红："大少奶奶，春晓虽曾是二少爷房里的，但从没有像您想的那样。我不是二少爷的人，是昭忾小姐的人。"

"你们那些见不得人的事儿，我可没那闲工夫儿关心。给我让开！"何羽芝手一扬，怒斥道，"哪儿来的滚哪儿去！"

"少奶奶，您三番五次找我们小姐的麻烦，小姐没做过对不起少奶奶的事儿，倒是少奶奶怎么出口这样不干不净？"春晓也不示弱，她话音刚落，何羽芝扬起手掌，我吃了一惊，知她要做什么，还未来得及制止，就闻"啪"的一声，何羽芝给了春晓一个响亮的耳光。

春晓的脸上霎时间印上了鲜红色的印子，她委屈地捂着脸，不敢再说话。

"都好好给我听着，在沈府把自己该做的事尽心做好，谁再敢说个不字！顶嘴的、吃了沈府的饭不听主子吩咐的，通通都给我滚出沈府！"何羽芝怒目扫视众家丁，待到春晓身上，她又笑了，说，"你还不走？等你的二少爷、昭忾小姐来，可就都不好看了。"

我匆匆下楼。

"大嫂，这满园的名品，可还入得了你的眼？"我笑道，"怎么对余蝴蝶如此轻贱？"

何羽芝轻巧一笑，眸中却是冷冽幽光直刺而来。"昭忾小姐，你也知这是满园名品，兰门沈家的兰草都名贵得很，康熙爷的'允德厥馨'还挂在采辉阁之上呢！你怎么能让这样的野草种进馨园来？晓得我们沈家的，会以为父亲虚怀若谷，广纳天下兰草，可这不清楚的，还保不准以为咱们沈家的'兰门'二字不过是个虚名呢！"

"'芝兰生于深林，不以无人而不芳'。无论是否有品之名，每株兰草皆有君子之风。"我微微一笑，"父亲曾有言，我们兰门沈家传承的是祖辈的君子精神，以君子之道立家，而并非以前朝的恩惠传天下。康熙爷懂兰，更懂君子之道，因此才御赐金匾。若我们沈家子孙不懂得康熙爷的这份心，恐怕也难当'兰门'的荣耀了。"

"好个'前朝的恩惠'。你们佟王府也曾是前朝的奴臣！怎么？如今寄我们沈家篱下，你连祖宗都忘到脑后了？"何羽芝冷冷一笑道，"我可真看不懂昭忱小姐守的是哪家'君子之风'了呢。"

方才一句"前朝"让她抓住了话柄，我不仅皱皱眉头，却见何羽芝又扬眉一笑，笑容艳媚入骨，语气却极冷冽："还不给我都扔了！等你们大小姐下令才行吗？"

"谁敢扔！"未见人，声音却如雷贯耳。

若鲤自竹林那边信步而来，他一身白色长衫，身材修长而笔挺，往日里他多是学生装，很少这样打扮。白衫衣袂随风飘扬，衬得他面容如天朗气清。

"我当是谁，原来是勉童。"何羽芝欲言又止，笑道，"这样满面怒容的，难不成是昭忱小姐找来兴师问罪的？"

若鲤没有立即说话，片刻才似笑非笑地对何羽芝道："大嫂，馨园的兰花不外移这是父亲定下的规矩，沈家人人都得遵守，为何大嫂不问自取？"

"并非我擅自做主的，我见这余蝴蝶生得茂盛，想来做盆草是极好的。"何羽芝勉强笑道。

"若想动馨园的一草一木,要先问过父亲,而余蝴蝶是昭忪母亲的遗物,自然也要征得她的同意。"若鲤漆眸微睐,俊美的脸庞上忽然微含笑意,向我温和道,"天气这样热,怎么也不叫春晓给你打把伞就出来了?"

何羽芝脸色有些难看,她冷哼一声,并未答话。

"我瞧这天气暖和,就在采辉阁上观兰圃,不想扰了大嫂的兴致。"我向若鲤微微一笑,又对何羽芝道,"馨园是沈府的馨园,太太喜欢兰草饰盆景,本不必过问昭忪。但余蝴蝶是我母亲的遗物,还请大嫂归还。"

"难道太太连一盆兰花都做不得主了?佟昭忪,你真是好大的胆子!"何羽芝厉声道,"整个馨园都由太太做主,余蝴蝶是你母亲的又如何?!她如今已在黄土之下,这花儿也便与她再无干系了!"

若鲤俊颜下是满目的怒意,他微微皱眉,向众人道:"从今日起,沈府谁敢再说一句"旧奴""佟氏"云云,莫怪我没有提醒你们,兰门沈氏,自然只有姓沈的人方能做主。这是沈府,不是街边小巷,请给自己留点颜面,也别脏了自己的心和别人的耳朵!"

"勉童,你这是何意?"何羽芝细眉一挑。

若鲤态度和善,道:"何氏一族是艺兰的世家,只望联姻以后的何、沈两家能和睦美满。昭忪姓沈,沈府是她的家,馨园便也是她的。如有不合意之处,望大嫂海涵。"

"勉童。"我扯扯他的衣袖道,"罢了,都是一家人,莫要为了我说伤和气的话了。她与月升哥哥已成婚,便也是我们沈家的人。"

"昭忮小姐真是慈悲心肠,我还要感谢你视我为家人呢!"何羽芝冷笑一声,托起沈言手中的余蝴蝶。

她眼波流转,一双妙目衬着西边落日,显得甚是娇媚。她端详着手中的余蝴蝶,虽面带微笑,但那微笑中带着一丝怨恨,只见她手指一伸,花盆自她手中跌落,落地应声而碎。

"哎呀?!"她脸上展开一副笑颜,故作惊讶,"这可如何是好?"

"大嫂,你这是何必?"若鲤皱皱眉头道,"如此狭隘行事,可不该进我们沈家。"

"我不该?我该不该可轮不到勉童你来权衡!我嫁给了月升,便是他的人,他还未说什么,轮得到你们一个一个都来指手画脚?"何羽芝每提起月升,我心里便痛楚一分。

我看着何羽芝,冷冷道:"你若一心要同月升哥哥好,也该想想自己可还有不尽人意之处,他不喜欢你,自然有不喜欢你的道理。"眼见何羽芝的脸色青了下来,她的笑容再也挂不住了。我话音未落,她早已气得浑身发颤,一个耳光扇过来,我猝不及防,结结实实挨了这一巴掌。

脸上如同火烧般疼痛,我自知这一番话完完全全戳到了何羽芝的心尖子上,她又怎能容我说下去!何羽芝脸色涨红,反手便又要一个巴掌扇过来,旁边的若鲤抢先一步,将她挡开了。何羽芝因拼尽力气在那扬起的手掌上,经若鲤这用力一挡,她后退了几步,一个趔趄,跌在地上。不过是寻常跌

琴心结剑胆,寸草报芳菲

倒，却见她瘫软在地，冷汗涔涔而下，面色早已青白。若鲤本心疼我的脸，但见她那模样，吃了一惊，也顾不得说什么，忙上前去扶。

背后脚步声由远及近，急匆匆而来，若景的声音充满担忧而带有愠怒："羽芝！"

"月升。"何羽芝苍白了脸，怯弱地唤他，全然没了方才盛气凌人的模样。

若景俯身将何羽芝抱在怀中："羽芝，你怎么了？"

"月升，我好痛……"她一边喘息，一边按着自己的小腹，汗珠也随之滴落。若景脸上满是担心的神色，见若鲤欲解释，冷森森地看了若鲤一眼，道："你不必解释！"随后，他又柔声对何羽芝道："没事了，我去叫大夫。"

"大哥，我去吧。"若鲤在旁道。

"不必了。"若景语气依然是冷淡的。

"可昭忱……"若鲤将话咽了回去。

若景看向我脸上浮起的一抹指印，他眼中涌起一阵怜惜，那神情是复杂的、不舍的，又似乎是经历了许许多多的挣扎，方才平静下来。

"我待会儿让大夫给你看看。"言罢，若景抱起何羽芝离开。

眼下，天色渐渐暗下去。本是盛夏，知了依旧没来由地群起而嘶鸣，我却感到一丝冷意。

第五章 晨曦

解佩榴

离骚声里闻沧浪，花叶丛间觅古音。

海上幽兰多逸态，江边名蕙有清心。

晨曦

壹

当清晨来临，光从窗棂那儿，柔柔的，斜斜的，带着金丝绒的质感，又如满月时最透亮的清晖般，透过苇帘，稀稀疏疏地洒进屋子。

若鲤送的太白素依旧静默在父亲送给我的金丝楠桌边，那桌子是他特别找工匠定做的，桌面上镶嵌了牙雕兰草纹，桌子四脚雕刻的卷云如意。桌上置的一对烧蓝银花丝瓶极为精致，做的是竹林七贤的题材，贤者手中的琴弦都丝丝分明，山石林木也栩栩如生。

然此刻，这些东西都入不了我的眼。

对镜轻叹，看镜子中那张精致白皙的面容，蒙了雾气的杏眼，眉若远山疏淡清秀，额心的那一记兰花胎记在晨曦中不那么清晰，却有着妖娆开放的轮廓。我从妆盒中捡起一枚点翠小幔帐步摇，步摇为兰花纹样，轻施软翠，选的是雪青翠鸟颈后脊背处最嫩细的羽毛，光下看去，蕉月色中透着斑斓的七彩色泽，这种羽毛极难取得，仅这一只簪便要用七八只鸟儿方可制成。簪头花芯镶着牛血红珊瑚与金色东珠，流苏处坠着圆雕的如意翡翠小坠脚和和田白玉的佛手坠脚，流苏根根相连，连接处以碧玉、翡翠、小海珠饰之，就如一张小小的幔帐，故得名幔帐步摇。

这步摇是若景五年前送我的,将它簪于额前,便可挡住我眉心的兰花记。

我将它簪在前额的垂花髻中,挡住了眉心,似乎挡住了我心中所有的思绪。脸上的灼热感还在,何羽芝的话早就忘记,但是若景昨日灼人的眼神却仍在眼前。

我轻轻叹口气,却不敢发出过响的声音,想来春晓还没醒,她昨天也受尽了委屈,该好好睡一觉的。

门"吱呀"一声被打开,"当"地撞在梅花窗上又被重重地弹开。

来人的步伐急匆匆,几步便来到我这厢。我转头见春晓走进来,不由得诧异:"你醒了?"

"早就起了。小姐,快和我去祠堂吧!"春晓满面焦急。

"这一大早的,怎么了?"我见她惊慌,心中一沉。

"二少爷被老爷罚跪,正在依庸堂呢!说是要施家法,二少爷哪里受得了这样的罪啊!"春晓急得直掉眼泪,我一听此话,当下也坐不住了,急忙换了衣裳,也顾不上那许多,趿上鞋子随春晓去了依庸堂。

依庸堂是沈家的祠堂,若无大事是不会来此处的。

我与春晓一进门,便见父亲、林冯萍等人都在,却不见若景夫妇。我心下便明了几分,但见若鲤跪在堂前的地上。地上湿凉,寻常人哪里受得了跪上半个时辰!

"胡闹!"父亲显然是气急了,他坐在高椅之上,看也不看若鲤一眼。

"欲加之罪,何患无辞。"若鲤毫无认错的模样。

晨曦

"现在大夫还在给羽芝医治,你还认为自己没错?"父亲"啪"地一拍桌子,道,"沈通!家法!"

"三爷!"林冯萍见状,忙上前抓住父亲的手,劝道,"勉童年纪尚小,有什么不妥之处言辞惩戒便罢了,何苦要动家法啊!"

父亲一把拂开她,道:"你不必说了。今日我必要罚他,若再不做管教,他可要无法无天了!"

我见父亲怒气冲冲的样子,想是若真动了家法,若鲤的身子恐是经不住的。情急之下,只能挡在若鲤身前,跪下说道:"父亲,今日之事由我一人而起,不关勉童的事,您要罚,罚我便是了。"

父亲见我也来求情,愤然闭了闭眼,没有说话。此刻,沈通已将灵均杖请来,擎与父亲。

"三爷。"他低眉道,也不看他人一眼。

父亲接过沈通递来的灵均杖。此杖长四尺有余,用降香木制成,通体绛色,虽为藤,质地却是极坚实的。灵均杖被供奉在沈家宗祠内,一旦有族人犯了家法,便以此杖执行惩戒。

"勉童,你知不知错?"父亲沉声道。

"请问父亲,勉童何错之有?"若鲤反问。

林冯萍急了,道:"勉童,今天低个头,这事儿也就过去了,你何苦为此受罚!听母亲一回,莫要与你父亲争执对错了!"

"既然没错,就不会认错。"若鲤目光平静,毫无退让之意,"若父亲一心罚我才可罢休,这罚我便受了吧。"

我知他心中所想,可也知道这几杖下去他必会受伤。他英俊的容颜衬着这祠堂中的冉冉烛火,有一种说不出的倔强与坚决。这本是家事,小家事而已,为此受罚,实在不值得,我只得低声在他耳边道:"勉童,哪怕为我,忍这一时之气也好。"

却不料,若鲤仰头道:"少不更事,便常被父亲杖责,如今无错也要罚,也罢,要打便打吧,我倒想看看这腐朽的家规要无理到何时。我无错亦无谓,君子坦荡荡。"他微微看向我,眼带笑意。

"好!好个君子坦荡荡!"父亲气急,扬起灵均杖,那藤木一下一下,结结实实地落在若鲤的背上。若鲤只跪在原地,一声不吭,不一会儿,他雪白的衬衫上已经透出血迹。众人在一旁心急如焚,却毫无办法,只眼睁睁看着藤杖落下,眼见他的衬衫逐渐殷红。

"三爷!别打了!不过是孩子们闹了几句嘴,勉童有错,可错不至罚啊!"林冯萍央求父亲,哭得声嘶力竭,"勉童自小是硬性子,吃的苦都挨在心里,他笑在脸上,却常伤在心中啊!若鲤自小体弱,活到这么大我已知足了!我已经失去一个婉榕了,今日你若打死了他,可叫我这做母亲的怎么活!"

林冯萍一席话,依庸堂内一时哭作一片,春晓这些丫头们也哭红了眼睛不敢出声。我俯跪在地,额头贴着冰冷的地面,林冯萍的话句句属实,她虽对他人苛责了些,但若鲤却真是她心尖儿上的人。

沈通见势，忙道："老爷，手下留情吧。"

"三爷，这么多年，我哪里做得不够不好？佟格格人已经去了，死者为大，这点道理我还是懂的。可您心里当真有我吗？有我们的儿女吗？！"林冯萍哭得话都快说不清楚，但即便痛哭流涕，言语里也不让一分一毫。

父亲一时不语，片刻又道："二十几年前，你我虽自小相识，但并未谈及嫁娶，我与栩夕两情相悦，若说对不起，我是真真对不起若景的母亲。咱们成婚这么多年，我没料到你还把我和栩夕的这段情记恨在心里。"

父亲一席话，整个依庸堂鸦雀无声。半晌，他长叹一口气，缓缓站起身："昭忾，若鲤，你们自去领罚吧。沈通，扶我回去。"

林冯萍哭得眼睛肿了，她以丝帕覆脸，随着父亲移步出依庸堂。她身材瘦小，一袭玲珑的紫色缂丝旗袍，在这夏夜的风里竟有些单薄之意。临行，她低声怯怯念道："我今天这一席话，对不住三爷，对不住三爷待我的好啊！"

众人都默默散了去，谁也不敢多说一句。春晓忧心地看着我，我不敢回她，只能微微朝她点点头。她一边走，一边回头望我，直到走远了，见不到了。

这个夜很静，静得好似时间停止了。

窗外连滴水的声音都听不见，只有祠堂里的烛火燃烧着，烛油的味道缓慢地流淌在空气中。风，似有似无。

天际云遮雾掩一抹朦胧月色，月如清泉，也如风雾。依庸堂外花香四溢，枝舒影淡。如今已是子时，我和若鲤已经

晨曦

在祠堂里跪了两个时辰，天还暗沉着，离天亮还有几个时辰。我见他白衬衫上依然有新鲜的血渗出，忍不住轻声问："勉童，你还好吗？"

"无碍。"他淡淡答道。

见他还在气节上，身子想是还能支撑，于是略略放下心来："你如此倔强，又何必？那毕竟是咱们的父亲，他受累受气，若是再病倒了，我们也心疼啊。"

他凝视着点点通明烛火，半晌才幽声道："父亲常讲我兰门沈氏应守君子之道，中庸之风。我以为'不偏之谓中；不易之谓庸'。如今，颠倒黑白倒成了一种墨守成规。昨日之事，分明是你被欺辱，我无心伤她，又何错之有？"

跪得久了，我双膝有些疼痛，不觉欠了欠身，道："若自视为君子，那便只需要慎独自修，忠恕宽容，至诚尽性就好，何必在意公平不公平呢？父亲的为人你还不清楚？他这是要让大嫂消气，父亲对待咱们和大嫂毕竟是不同的。我们是他的子女，这便是替他分忧了吧。"

"我懂。可是，"他埋首微微叹气，"我不想你受委屈。"

"既然说得出来，又有人懂，便也不觉得委屈了。"我浅笑道。

"昭忾，你的脸还疼吗？"若鲤如月光般的目光在我脸上微微一转。他伸出手来，轻轻贴着我的脸，那手温温暖暖的，暖得人整颗心都是温热的。勉童已经长大了，虽依然是眉清目秀英俊的模样，却早已脱离了儿时的稚气。我抬头，对上若鲤的眼睛，那双眼睛如夜空里的星星，是清冷墨色中的一抹光明。那一刻，我的心跳得飞快，脸上也微微发烫。可他似乎没察觉我的异样，只温柔对我说："好些了么？"

他这样温柔的语气，这样温柔的暖意，似乎能将北方寒天里最冷的巨冰融化。

远处的烛火倒影在他眼睛里，明灭闪烁，我从他眼睛里看到自己，那一湾莘莘的光明，又如一泓深潭，让人忍不住深陷其中。我只得转过头，不再看他。

"你怎么了？"他悬空了手，神情诧异。

"没怎么，我一切都好。"我淡淡回他，心里却簌簌跳得飞快。

夏未尽，建兰正开。

我忆起一首诗来：

芳庭秋夜静，独饮醉红尘。
举袂邀冰魄，应怜寂梦人。

贰

饭厅内，众人围坐一桌，却是异样的静默，一时只闻碗筷碰击之声，即便说话，也是挑些无关紧要的。

林冯萍舀了碗汤在父亲面前，浅笑温柔道："老爷，喝点汤吧，王妈专门炖的人参乌鸡汤，很滋补的。"

父亲轻声应了句。林冯萍又笑道："老爷，您的寿辰也快到了，今年准备大办一场还是……"

"简单些，家里人吃顿饭就是了。"父亲淡淡回答。

"好。"林冯萍笑笑，不再言语。

"这些事，你决定就好。"父亲点头，向若鲤道，"勉童，你的伤……"他看着若鲤，担忧地笑了笑。

"没大碍，是我过于执念，没能理解父亲的心，该罚。"若鲤轻轻莞尔，也没再说话。

"你知错便好。好在你大哥大嫂念你年纪轻，不怪你，往后你更该规束好自己，分清楚哪些事儿能做，哪些事儿不能做。月升，兄弟手足，不能生分了。"

"是，父亲教诲的是。"若景微微一笑，目光并未触及我。

"真是让父亲母亲担心了，羽芝心中很是愧疚，好在身子并没有什么大碍,过去的事羽芝也不想再提,谁对谁错也不重要了,都是一家人,只要父亲母亲安康常在,我便没什么不高兴的了。多谢父亲母亲。"何羽芝的声音轻轻柔柔的。我轻笑,这样的女子,即便在清朝,也会成为后宫的翘楚。

"羽芝懂事。我年纪终归是大了,也管不了这许多了,沈家以后,还是要靠你们年轻人去支撑,莫让兰门沈氏的基业毁于你我之手啊。"父亲叹道。

满桌子的人都低眉顺目,不愿再表露自己的心思,用餐也算平稳地度过了。饭后闲茶时,父亲问了沈通北平的情况,沈通翻出电报念与他听。

念完电报,沈通躬身道:"三爷,京城回话说大爷没什么不妥,上次遭遇的暗杀事件也无碍,匕首只是扎进了胳膊,略伤到筋骨,静养几日便好了。况且那边儿有二爷在,所以大太太告诉您不必再劳烦跑一趟,待进秋时大爷、二爷会回五槐门一聚。"

"哦?他们要回来?"父亲的脸上显出少有的欣喜。

"是。"

"好!那便好了!"父亲展开笑颜,那笑容真诚而释然,让人见了,心里也明媚。

学堂里办了一次演讲,若鲤的演讲精彩有趣,他演讲的内容是中国的君子精神。

我第一次看他在那么多人面前展现自己的才华,他洒脱飞扬的笑与睿智的语言让我为他感到骄傲。

晨曦

演讲结束后,院长为若鲤颁了奖,邱小姐站起来鼓掌,所有人都看着她,她脸上的骄傲和喜欢表露得十分真切。

"勉童很棒。"我笑笑说。

"那是当然,有你这样优秀的姐姐,他自然也优秀。"她的话引来旁边学生的目光。

我只能点点头:"邱小姐谬赞了。"

"有其姐必有其弟,说得有道理!"陈子沛笑道。他的笑,与方君柯像极了。我突然想到一件事,于是忍不住低声问他:"陈子沛,你可想去沈府的馨园看看兰草?"

陈子沛那惊喜的表情已经表明了他的态度。

下学后,陈子沛随我一起来了馨园,一路上他欣喜非常。

"子沛,我请你来,是给我家三妹做老师的。耽搁了你去书店,抱歉。"我笑着说。

"没关系的,昭忪,你有事要我做,我挺开心的。"他亦笑着回答。

"谢谢你。不过,我没来得及和勉童说,只希望他不要生气才好。"我思忖片刻,"子沛,我这个妹妹呢,个性有点内敛,也很敏感。你教她什么,若她不喜欢学或者发脾气,你别怪她,也别和她较真儿。时间长了,你就知道其实她心地不坏的,只是经历了一些伤心事。"

"哎,"陈子沛轻叹,"谁没有个伤心事。往事不能回头,总是要走出来的。"

我二人一路行至我的住所,进门却没见春晓。我请陈子沛随意坐下,他亦然难掩欣喜:"早就听闻沈先生'兰王'

的大名,一直没能见过沈府馨园的兰花,方才一路走来,真是开了眼界了!"

"若喜欢兰花的话,有空就常来。"我微笑道。

春晓摘了一大捧的樱桃,用衣裙兜着,喜滋滋地回来,见了陈子沛,竟一时愣在那里。好一会儿,她才恍然回神,忙跑到我身边。

"真是奇了,怎么这么像!"她轻叹。

"像方老板,是不是?"我问。

"可别让三小姐见了,会勾起伤心事的。"春晓担忧道。

"婉彬呢?"

"在园子里。这会儿……"春晓还未说完,便传来叩门声。

门敞着,沈若鲤生气地站在门口却并不进来,只是一双怒目瞪着陈子沛:"陈子沛!"

"勉童,你这是为何?你不高兴了?"陈子沛一脸不知为何的茫然。

"我不高兴了?我为何?你说我为何?!"

"我若知道,还问你作甚。"陈子沛一头雾水道。

"我去了水月街的琉璃巷,只为了找你。"若鲤气结,陈子沛只得出门去。

二人在门外嘀咕了几句,我方才懂了若鲤为何如此愤然,只因为他去寻陈子沛,却误入了水月街琉璃巷的风月之地。

若鲤瞧了门内一眼,我装作未听见的样子,用银勺子拨弄着茶碗中的秋斛。银器和瓷器之间的撞击叮咚作响,我垂目浅笑,依旧不语。

我差春晓去请沈婉彬来，并对陈子沛道："待会儿见了婉彬，你可要有礼貌，不能过于冷淡，也不要太过热情。《论语》《大学》这些，婉彬可都读过的。"

陈子沛点头。

沈若鲤适时笑道："昭忪，你听我说。"

"怎么？"我故作不知的样子，道，"你身上还有女人的脂粉味儿，若是父亲知道你去了风月之地，又要去依庸堂走一趟了。"

"我去那儿是找陈子沛，那姑娘拉住我，我是没法子，乱说了一个借口才走得。"若鲤一脸委屈。

"果真是有姑娘呢。"我啜了口茶，轻声道。

若鲤还想辩解点什么，但见婉彬姗姗进了门，她满面哀愁，身影消瘦，衣裙随风飘荡着。

"二哥，昭忪姐姐。"婉彬微微一笑。

"春晓摘了新鲜的樱桃，你快来一起尝尝。"我拈了粒樱桃，放在眼前细细看来，那樱桃晶莹剔透，如那种被称为葡萄珠的戈壁红玛瑙，油润晶亮的美。

沈婉彬应了声，坐到我身边来。

"婉彬，今天给你找了位老师，以后你无趣了，也可以在家里读书好不好？"我装作不经意的样子道。

"为什么要给我找老师？"她把玩几颗樱桃在手中，抬头问我。

"哦，本来想叫你一同去学堂的，怕你不高兴。在学堂外找'互助学习'的对象，是先生交给我们的任务，你就当帮帮我们,让我们把任务完成了好不好?"若鲤在一旁答道。

"真的吗?还有这样的事。"婉彬埋首片刻,道,"可是,我不想和陌生人一起。"

"不是什么陌生人,是我的好朋友。好妹妹,你就当帮哥一次吧。"若鲤见婉彬犹犹豫豫地点头,于是唤陈子沛来。

陈子沛一脸紧张:"沈小姐,你好。今天……今天我们讲……"

若鲤不禁笑道:"哪有让你现在讲课!先介绍认识一下,这是我妹妹沈婉彬。婉彬,这是我学校里的同窗陈子沛。别看他呆头呆脑的,很有才学的,人虽然不热心但是很善良。"

婉彬抬眼望向陈子沛,那一瞬间,她的眼睛里蒙起层层雾气来,竟一时哽咽无语。周遭都静默下来,就连风,也是无声的了。眼前的这个人,她明明知道不是方君柯,可是世间竟然有如此相像的人。她看看我,又将目光移向若鲤,似乎终于了解了我们的心意,于是释然叹气,用一丝浅笑对陈子沛道:"那请问这位陈先生,我们该从何学起?"

陈子沛离开好一会,若鲤慢悠悠地走进门来。进门便叹起气来。

春晓把樱桃放进盘子里,端在我们面前。

若鲤拈了一颗丢进嘴里,皱皱眉头道:"酸。给大嫂送去吧！她最近喜酸。"

"没成熟的都是酸的。"春晓笑着走出去。

"大嫂不会是又害喜了吧？家中的事看似平静，其实并不是表面看到的那样。只有大嫂一直没有变过，周围的一切永远与她没有关系似的，能如此也不是件容易的事吧！"若鲤若有所思地望着窗外，阳光透过窗棂，金晖流淌在他的肩上。他似乎什么都没有想似的坐在那里，神情中却有着淡淡的哀愁。他长大了，曾经的尖锐锋芒虽然仍未藏起，但有些忧愁却一点一点地充满他的心。

人长大了未必是件好事。

人，总在成长中学会不快乐。我却想起方才春晓的话，没成熟的都是酸的。只是，何时能成熟呢？

我怅然若失了一下午，直到沈通通报说父亲让我去书房。

我走进书房，父亲正在纸张上写着什么。

"来了。"他淡淡说，头也没有抬。我突然发觉其实父亲与若景那样相似，他们总是一样的淡定，一样的儒雅，一样的博学，一样的淡淡的笑，一样的长长手指弹着琴，在寂静的夜里弹响他们内心无人知晓的情感。

"父亲。"我请了安，在他对面的圈椅里坐下。

"你林姨给你看了一个人，姓莫，家里是京城做生意的，但祖籍是五槐门的，如今回来了，周末有时间见见。见了如果不喜欢的话，也不需要勉强。只是见个面，也算是给冯萍一个交代。"

"嗯，我明白。"我点点头。

父亲依然没有抬头，仍然一边写一边说。好一会儿，他没有再说话，我想我该走了。待我转身的那一刻，父亲却突然叫住了我："昭忪，过来。"他说，"喏。"

他从桌上抄起方才一直在书写的纸张递给我，我接过他递过来的纸，只见上面写着一个地址，和一些日常用具的名称，还有店铺的名字。

"这是什么？"

"你的家。以后我不在了，这是你的家。"

"我的家？浮秧园。"我念着它的名字，浮秧是母亲的字。

"爹总有一天会不在，与你母亲一样，都会离开你的。这个园子是我们沈家的产业，也有几百亩的样子，里面的宅子和田地园林我很早就差人修葺过，现在交给你。下面那些是我还没有打点的东西，你看看你会需要什么，将来再置办就好。这些店铺我都打过招呼，你任何时候想要什么，随时可以差人去取。"

"父亲。"我内心感到又暖又痛，不觉湿润了眼睛。

"你住在沈园，这就是你的家。可我膝下有若景、若鲤，将来他们都有各自的家庭和妻儿，若我百年之后，他们对你照顾不周也是情理之中的。眼下你有了自己的园子，我就放心多了。将来找个好男子，开开心心地过一辈子，我死也瞑目。"父亲笑笑。

我点点头，不想在他面前落泪。

整个下午我都坐在馨园里，一朵兰一朵兰地看过，我想这是父亲亲手栽种的花，它们包含了他对母亲的思念与爱。

我要学会爱父亲，我应该做好他的女儿，我虽不是他的亲生女儿，但这份恩情没什么区别。

我坐在回廊中，竟然这样迷迷糊糊地睡着了，直到有人叫醒我。

"昭忟，那是什么味道？"若鲤与我背靠背而坐，轻声问我。

"哦，是迷迭香的味道。"我亦轻声回他。

"迷迭香。"他痴痴地念着。

夜又沉寂下去了。五槐门的夜晚是相当寂静的。

父亲伴着一柄长箫，和着苍凉的月色，那箫声也显得萧条落索，声音在夜风里散开，吹得七零八落，最终蔓延到四肢百骸里去了。

若鲤轻轻覆住我的手，仿佛不经意的，又渐渐松开了，他的声音也是淡淡凉凉的，就如这夜色一般："昭忟……冷了吧？你的手都凉了，要不，咱们进房里去坐？"

我摇摇头，道："春晓睡了，我们若说话该把她吵醒了。这些日子也辛苦她，一面照顾我，还要照顾婉彬。"

"她有冬雨帮忙，你才辛苦，都瘦了。"他的目光在我脸上游移，"昭忟，我……"

若鲤的话还未说完，便听得沈府那边猛烈急促的敲门声，那声音仿佛撕裂了这夜的宁静。这么安静寥落的夜里，竟然响起这样剧烈的敲门声，按照沈府的规矩，晚上是不准许出门见客的。

若鲤和我对望了一眼，两人心头都是一紧。往沈园后庭看去，下人房里烛火依次被点亮。

一阵杂乱的脚步声过后，大门"吱呀"打开，又是片刻的沉寂。

"大爷病逝了！"来人的声音响彻沈园，那凄惨的声音在夜空里回荡。

"快叫三爷！快叫三爷！"沈通也急了。

一时间，来不及悲戚，来不及哭嚎，整个沈府上下脚步匆匆，被一片压抑的恐慌充斥着。

若景与若鲤的大伯沈斯鸿突然暴毙，对于沈家是一个不小的打击。沈斯鸿在北平的生意涉及之广，寻常商人难以企及。他为人大气仗义，再加之二爷沈泽熙在政界也是呼风唤雨的人物，沈家一门虽说根基在五槐门，实则是在北平壮盛起来的。

沈斯鸿的走，预示着沈府背后的大树轰然倒塌了。

沈府的韶华堂里灯火通明，沈家一门都聚在大堂一隅，沉默无语，厅堂里是可怖的寂静。这样的寂静中又带着痛苦。父亲坐在东首，微微低着头，神情难辨。

他不说话，所有人都不敢说话。

我和若鲤对视一眼，只能微微摇头。

半晌，父亲道："北平的事，大家都知道了。世事无常，

晨曦

人有旦夕，寥存于世的，唯一念而已。北平虽有二哥，但我却是不能不管的，我已决定明日便动身。"

林冯萍上前道："三爷，我陪你去吧。"

"不必，此去北平舟车劳顿，你身子骨弱，禁不得颠簸。"

站在一边的若景刚张嘴想说什么，父亲已经打断他："羽芝身体也不好，尚需调养，需要人陪着，月升，你就不必去了。况且如今你在校任职，传道授业的职责远重于我，更重要的是，你大伯去世蹊跷，五槐门也必将不太平，家中没有长男不可，你就留下吧。"

"可是，"若景叹气，但依然点点头道，"是，父亲。"

若鲤突然站出来说："父亲，我去吧。父亲只身一人，此次远行怕会有变故，我虽然历练得少，但也想为大伯出一份力，算是尽最后的孝心。"

父亲望着若鲤的眼睛，思考良久，缓缓道："好，你回去收拾行李，明日随我动身。"

"是。"若鲤轻轻点头。

事情便这样定下来。若景守候五槐门，若鲤随父亲前去北平。这是沈家兄弟二人第一次各顾一方，前途渺茫，大家都沉痛压抑得很。

众人很快就散了，父亲被沈通扶着回了鹤膝园，从背后看去，他的背影又苍凉了几分。

若鲤与若景相继出了大厅。若景在若鲤肩上拍了两下，若鲤也朝他点点头。

若鲤见了我，走过来："昭忾？你还不回馨园么？"

我抬头看看渐见光亮的东方:"现在都卯时了,过会儿天就亮了,索性就不睡了。你呢?"

"我?我也睡不着。"他轻叹。

"年华虚度,空有一身疲惫。"若鲤轻笑,那笑容里有疏淡的哀愁。

"你回去休息吧,明日就要出门,好歹养足精神。"我努力笑着,对他说。

他却摇摇手:"此去不知何时能归,我想多与你待一会儿。天就快亮了。"

"天就快亮了。"我重复了他的话,"我们的路还远,这一路走去虽回不了头,却能彼此相伴,也是有幸。"

两人靠坐在亭子里,相顾无言。或许这样的沉默在今时今日更为恰当些,什么话都不及无言深刻。

我从未想过我们有今天这样的默契,虽然这默契来得那样迟。然而太阳升起来,在这淡红的血色中,依稀能看见微茫的希望。

"昭忱,你说的是对的,在时代的洪流中,我们都在往前走,回不了头。"他闭上眼睛,向着晨曦微露出一丝微笑,而那微笑带着一种别离的担忧与黯然。

就这样,第二日,我们送别了父亲和若鲤,他们一起上了去南京口的轮渡,两日后将登上开往北平的列车。

第六章

汉广伊人渺 心香寄远涯

君荷

老峨山下玉芽肥,净土莲开半掩扉。

独立西风听暮雨,从容淡泊乃知几

父亲与若鲤走了七日,还没有消息。

这一夜不静。

风声夹杂着木门的吱吱呀呀声,窗外传来大树随风的摇摆声。

树欲静而风不止。

春晓在旁用簪拨亮烛芯,我放下书,揉揉生疼的双眼,疲惫地问她:"春晓,你说这风何时能停?"

春晓向外瞧瞧说:"今儿夜里恐是停不了了,但看明天太阳出来的吧,只望别下雨才好。"

突然,风吹开了窗子,"嘎吱"一声,那风声贯耳,从外吹进,幔帐被吹起,胡乱纷飞。

春晓忙跑去关窗,她好不容易插稳了栓子,气喘吁吁地回来:"窗没关严,这会儿我拴好了,不会再开了。"

我听着外面的风声,想起沈婉彬来:"我想去看看婉彬,这么大的风她会害怕的。"

"可是外面风这样大。小姐,您还是别出去了。"春晓担忧地劝我。

"你别管了,我得去看看她。"我已决定,于是起身。

"我陪着小姐。"春晓忙说。

"不必了,你在这等我,还有,赶紧把每间屋子的门窗都检查好。你放心,我一会儿就回来。"我穿好厚衣,把云锦斗篷披好。

春晓送我出门,抄起门边的灯笼,利落地点燃,然后递给我:"小姐,灯笼拿着。"

外面风声激烈,春晓还说了些什么,但她的声音消失在风里了。

我艰难地在园子中行走,风几乎要把我整个人吹散了。不远处传来树木倒下的声音,可那声音也很快被风声吞噬了。

园子里的灯全熄了,漆黑黑的一片,手里的灯笼也早被吹灭,我深一脚浅一脚地前行着,好不容易才来到了婉彬的住处。

我轻轻叩门,但没人应。想来风如此大,她未必能听得见,于是加重了叩门的力量。

"婉彬,你睡了吗?"我问,依然没人应我。

一个低沉的声音自黑暗里响起:"大小姐?"

来人是沈通,他在努力辨认我是谁,认出后方道:"大小姐,这么大的风你在这儿干什么呀?"

"通叔,我来看看婉彬。"

"婉彬小姐早就被太太接到沈园去啦,没在这,没在这!我来是给她把门窗关好。这几天,她都不在馨园住。"沈通大声说道。

"如此,有人挂念着她便好了。"我轻声说,晓他没有听清。

沈通果然问:"大小姐,您说什么?"

"没事儿了,我回了。"我亦大声回他。

他点头:"好嘞,我送您回去,走吧。"

待回了馨园,春晓早等得一脸焦急,见我回来,忙迎上来。"小姐,你回来啦!风那么大还出去,真是怕死我了。"

春晓卸下我的灯笼,解开我的披风,忙递上汤婆子。紧接着又去给沈通掸身上的落叶和灰尘。

沈通任她掸了,向我道:"昭忱小姐,以后这样的天气,可千万不要出去了。这要是出点什么事可怎么得了!三爷和二少爷回来,还不要把我们都扒了皮赶出沈府啊。"

"通叔,看你说的,哪里这般严重。"我轻笑,叫春晓搬来把大些的圈椅,示意他坐下回话。

沈通舒了一口气:"哎,要的要的。在三爷眼里,小姐你是掌上明珠。在二少爷那儿,你可就是他自己个儿的眼珠子,这临走的时候还千叮咛万嘱咐让我好好照顾着呢。"

我浅笑,吩咐春晓:"春晓,倒杯热茶给通叔。"

春晓应声而出,我见沈通略有些拘谨,于是笑道:"通叔,坐。我和你说说话。"

"哎,是。"沈通这才客气地坐下。

"北平那边,可有消息了?"

此刻,春晓已提了茶回来,她端了待贵客所用的水云生描金的三才盖碗,我微笑看她,她会意回我一笑。

"小姐,通爷,喝点热茶。"她笑盈盈道。

沈通神情略有放缓,他端详那茶碗,缓声道:"北平还没有消息,这算算,三爷和少爷也走了十来天了。"

我幽幽叹气,道:"你说,他们会不会遇到了什么麻烦?"

"刚到北平时来过一封电报,报了平安。那边儿还有二爷在,该不会有什么麻烦吧!"他回。

"北平不比这里,这里人少户少,出来进去撑得上门面的就那么几家,大伙儿彼此也都有个照应,再不济,也能互相给个脸面。北平不一样,那边是军政要地,关系也错综复杂,可谓牵一发动全身。即便沈二爷在圈中多有势力,身居要位,可也需谨言慎行,谁也不能得罪。"我端起杯,啜了一口茶,并未正眼看他。

沈通听了,不禁笑道:"沈二爷可也是小姐的二伯啊,小姐称他沈二爷,可生分。"

我微微一笑,道:"通叔说的是。不过,我没见过他,况且,沈门一族人多势众,太太眼里,我可未必是亲生,那沈二爷自然也未必就是我的二伯了。"

"小姐的意思我懂,但这个家还是三爷做主的,他说小姐是谁,那小姐便是谁。"转念,沈通又道,"当然啦,小姐是京城来的,对那边的形势当然更清楚。"

我不语,只垂目微笑,片刻道:"什么京城来的,都是十几年前的事了,况且我那时还小。只是,我佟家便是前车之鉴,堂堂王爷的府邸,一夜之间便被抄家,家中人死的死,散的散,那时可真是应了那句'树倒猢狲散,墙倒众人推'的话。一个大家,遭遇变故时才知道个中心酸。"

沈通闻此叹息道:"哎,小姐也是苦命的人。我现在还记得小姐当时来我们沈府的样子,一看就是贵族里的格格,那气派,那模样。如今,佟王府那边可还有人?"

我莞尔道:"通叔,你还当是前朝呢?如今都民国了,什么格格啊、贝勒的,哪还有人关心这个?佟王府那边的人,从来没联络过我。我如今只希望,沈家每一个人都福顺安康。"言及此,我忍不住想起若景给北平佟家人的那些信,最后一封也没有邮寄出去,想来也是那边无人应,他用心良苦,无奈人心冷暖皆不能随人愿,便也做罢了。

"会的,小姐,咱们沈家有三爷在,大家就都会好好的。"沈通瞧瞧外面,道,"我该走了,该和太太回个话的,小姐也早些休息吧。"

"好。"我笑道,"春晓,把斗篷给通叔带上,防风的灯笼也提着吧。"

"是。"春晓将斗篷、灯笼一一给沈通。

"就这么一个防风的灯笼,你们留着吧。"沈通道。

"我不出门,用不着了,还是你拿着吧。"我又对春晓道,"我记得这水云生描金的三才盖碗一共两盏,装在盒子里包好了,明天给通叔送过去。"

沈通果然面露喜色,道:"老奴最喜欢水云生描金的盖碗,可惜很难买到。这水云生的物件,可不是有了钱便能得到的珍品啊。多谢小姐了,我走啦。"

他喜滋滋地开门离去,春晓有些惋惜道:"那盖碗可是花了三百块大洋定制的呢,他也知道不是有钱便能买到的。小姐,你说给就给了?"

"有些东西要舍,方能得人心。"我淡淡道,"你若是不懂,怎会拿这东西来给他倒茶?既然懂得,就别有难舍之心了。"

我叹息,看窗外漆黑一片,想到父亲与若鲤在北平生死未卜,如今千里之外,只能祈祷他们平安了。

贰

下了学,我从鸣学轩里走出,见路边秋菊开放,虽古有"槛菊愁烟兰泣露"的悲伤情怀,但近日秋色正好,因有暖日,萧索感顿觉得少了不少。

"昭忾。"若景从身后唤我。

"大哥?"我回首见他形容憔悴,知他近日也不好过。

二人并肩走在回廊里,下学了,学生们匆匆而过,无人在意我们脸上的神色。

"走吧,咱们回家。"若景看看我,"你怎么心事重重?"

"今晨我心神不宁的,不知会有什么祸事发生。"我忧心道。

"怎么会?有何不好的事?"若景拍拍我的肩膀,"是不是担心父亲和勉童了?"

"大哥不担心?"

若景眼波一闪,道:"有些事,担心也无用。"

"大哥豁达。"我苦笑。

"世事难料罢了。"若景也幽然叹息,"最近,羽芝没为难你吧？"

"大哥何出此言？大嫂为何要为难我？"我明眸望他，仿佛过往的一切都未曾发生过。

他无奈一笑："家里现在上下都人心惶惶，疲惫不堪，估计也没有心思想别的。昭忬，上一次让你受委屈了。"

"过去的事，莫提。大嫂若有心结，你该帮她解才是。夫妻之间，可是要相守一辈子的，开诚布公，坦诚相见，方能白头偕老。"我一字一句说给若景听。这也确是我的肺腑之言，何羽芝对他的爱，我们都看在眼里，丈夫之于女子，是山亦是水，他们成婚已然是事实，如今清儿也长成孩童，还有什么放不下！

"这确是我的不对，解铃还须系铃人。"他微笑，似乎也对一切释然了。

"上一次，只是苦了勉童，他的伤养了很久才好。如今又出远门，也不知道他……"我担忧地望着远方，想着那人此时若一切安好便好。

这一日天气尚好，我与若景慢慢步行回了沈府。开门的小厮见了我们，忙道："大少爷，大小姐，你们可算回来啦！"

若景本只是"嗯"了声，抬眼见他慌张，问道："你这是做什么，何事这样慌张？"

小厮哭丧着脸，道："大少爷，不好啦。刚刚邱老板带来消息，说老爷和二少爷在北平出了车祸！太太刚在韶华堂里哭晕过去，三小姐……"

他话还未说完，我推开他，提裙往韶华堂急急而去。

若景与小厮也忙跟着来,只听若景问小厮道:"邱老板又是听谁说的?消息可靠吗?"

"邱老板是听秋山先生说的。秋山先生是那个喜欢兰花的日本人,对吧?"小厮支吾回道。

"一问三不知!"若景见他唯唯诺诺的样子有些气急,道,"沈通呢?"

"通爷在内堂呢,家里都乱了套了。"

我与若景顾不得小厮还说些什么,急急地往内堂而去。

我心乱如麻,耳边一直响着方才小厮说的话,担心极了。

到了内堂,一片慌乱。

林冯萍卧在罗汉榻上,双目紧闭。夏至在一旁伺候着,不时用扇子扇着风,旁边香炉里熏着秋斛石灵香,但都无济于事。

"太太,太太,"见她向沈通道,"通爷,这大夫怎么还不来!"

沈通也心急如焚:"夏至姑娘,已经差人去叫了。"

沈通抬眼见我们,道:"大少爷,大小姐,你们可回来啦!"

"到底怎么回事?林姨怎么了?羽芝呢?婉彬如何?"若景一一问道。

"大少奶奶在陪着三小姐呢。太太这边,刚得到消息就晕了过去,叫了大夫,迟迟不到!平日里白拿银子养着他们!一个个良心被狗吃了,这时候慢得跟王八爬一样!"沈通气道。

"好了,等等就来了。"若景一挥手,沈通不再说话,"昭忱,你先别急。沈通,邱老板人在哪里?"

若景的话音刚落,只见邱老板带着大夫从门外急急地赶来。大夫已是跑得满头大汗,邱老板也一脸紧张神色。

邱老板气喘道:"沈大少爷!大夫来了!"

沈通忙叫大夫去看林冯萍,而若景则与邱老板一旁说话去了。

"邱老板,父亲和若鲤的事到底如何?"若景低声问。

邱老板喘了几口气,道:"大少爷,此事千真万确,秋山先生的兄长在北平任职,那边的消息说沈三爷和二少爷坐的那辆车,车头都撞毁了,洒了一地血。也不知那血是二少爷的还是沈三爷的,当时两个人都去了医院。"

邱老板剩下的话,我全然听不清了。若景见我一副失魂落魄的样子,不禁担心地唤我,可我似乎没有听到似的,脸上无泪,只是整个人怔在那里。

过了会儿,我仿佛听见谁喊"太太醒了",于是恍恍然地朝外走去。

走出门,只觉得眼前白茫茫一片,所有人的声音都像从遥远的地方传来。好像有人唤我,可我什么都听不清楚,每一步都好似踩在棉花上,无力而又虚幻,一切都那样不真切。

我不记得我如何回馨园的。一进门,春晓见我的模样已经大惊失色,她忙把我搀扶到床上去坐,给我倒茶,拿绢帕拭头。可我哪里还能喝得下去一滴水,杯子刚握在手里,就生生地掉在地上打碎了。

那一地的残碎,就像我此刻胸腔里的那颗心——言不及痛,犹如被千根万根的针芒穿透。

我忆起父亲,忆起若鲤,忆起若鲤的笑,忆起他清澈的眼睛,他说的话,他受了家法一身伤痕还不忘担心我的模样。

"小姐,你怎么了?"春晓见我失魂落魄、面色苍白却无泪无语。

我无法回答春晓,只觉得喉中涌出股腥咸,一口吐出,惊得春晓"哎呀"一声。

此刻,一滴泪才无声地流下来,终于瘫倒下来,双肩上如压着巨石让我无法喘息,这痛苦像一个深不见底的漩涡,把我吞噬在无边的黑暗中。

如今烽烟四起,到处传来学生游行和战争的新闻。

父亲和勉童依然没有消息。

初冬的五槐门一片萧瑟,地上铺了一层金黄的枯叶,天空高远湛蓝,偶尔有两片雪花坠落,现在还不是下雪时节。

从眼前的门缝可见内里是一片庭院,门外的树两旁已落叶满地,最下面的叶子有些已经腐烂。我站在邱府门前等了会儿,门终于打开了。

"邱老板,给您也添麻烦了。"我有气无力,拖着尚未痊愈的身子来此,只为了若景。前几日学生抗日游行,他担心学生的安危，遂跟着去了，却不料被冠上"扰乱治安"的罪名被警察厅抓了进去，到今日还未归家。

邱悦行从邱老板身后探出头，愧疚道："昭忱，你不必客气了，看你的脸色，想你的病也是未好。先生出了这样的事我们也是有责任的，若不是我和陈子沛执意参加游行。"

"好啦！"邱老板斥道，"悦行，你给我回屋去！"

"爹！"邱悦行还想争辩，邱老板瞪瞪眼睛道，"爹的话你都不听了？以后这样的事不许你再去！回去！"

"可是，爹，我得送送昭忱啊。"邱悦行一脸委屈。

我只能笑道："悦行，听你爹的话快回去吧。邱老板也不必送了，大家相安无事便好。"

邱老板歉意道："沈小姐，真是抱歉，这个事情我会想办法的。如今日子不太平，大家都泥菩萨过江，哎。"

"听说辰溪布庄也在游行中遭到抢砸？"我迟疑地问道。

邱老板叹气道："可不是嘛。那些假学生混迹在游行的队伍里，见到商铺趁乱就抢，真是遭天杀的一帮流氓土匪！"

"他们根本不是学生，我们没……"

"行啦，悦行，"邱悦行未说完，邱老板打断她道，"算爹求你了，你可千万别在外面说你游行的事情了！求求你了，好不好？"

"你们都平安便好，大哥他也算没白去一趟。"我见他也无法，只得道，"邱老板，告辞了。"

"昭忱，你要保重。"邱悦行见我要走，突然又问，"昭忱，勉童有消息了么？"

提起勉童,我的心紧了紧,痛意再次袭上心头,我只能强忍住泪水。

拖着疲惫的步子走在馨园中,从竹林到馨园的路本来很短,可我此刻却感到无比漫长。父亲和若鲤还是一点消息都没有,我怎能不担心呢。

初冬时节,寒兰已开放。我忆起若鲤送我的那盆兰草,忍不住念道:"阅尽草枯荣,萌英出太清。霜寒何足道?谈笑一阳生。"想到自己果真是那算命先生所言的"不祥祸儿"?也正因为如此,我才会被遗弃在路边;也正因为如此,收养我的佟家才凋落;也正因为如此,如今沈家……我不敢再多想,忍不住叹息:"这满园的花还开着,这人心,怎么就不同了呢!"

突闻一丝轻笑,来人的脚步声方穿入耳,我忍不住喝声问道:"谁?"

却听得一个熟悉的声音,道:"我来只是想问,这满园的花开着,人心有何不同呢?"

我回首,见日日期盼的那人手持一株兰草,嘴角含笑地望着我。

"你,回来了。"面对若鲤,我呆愣片刻,许久,才只有这淡淡一句,可心中却早已掀起骇浪。

他会心一笑,道:"是我,昭忺。"他将手中兰草擎与我道:"这是你母亲留下的,此次北平诸多险阻,待有时机再向你一一道来。可此刻,快把解佩归于馨园吧。"

解佩梅,是当年佟王府久负盛名的兰草,父亲与母亲也因此相识，佟王府亦与它相关。可历史浮沉，时代变迁，谁又能解其中缘聚缘散的道理呢？母亲与我拮据生活的那段日子，有人数次登门，掷出千金，母亲也从未生过卖掉解佩梅的念头，如今它又辗转回到我这里。

或许，这便是冥冥中的约定吧。

　　离骚声里闻沧浪，花叶丛间觅古音。
　　海上幽兰多逸态，江边名蕙有清心。
　　红簪碧玉知人意，游女仙妃吟子衿。
　　沧海桑田今又是，一莛花放夜沉沉。

　　　　　　　　　　　——《解佩》

若鲤回到沈家，祸事过去，大家对此都缄默下来，谁也不问北平到底发生了什么。只是父亲断了一条腿，也苍老了许多。

父亲带着若鲤去拜访王市长，想疏通若景入狱之事，却吃了闭门羹。想来王市长是记挂着两家从前的恩怨，不肯就此罢手。回到沈府，父亲又询了几位老友，最终才得知若景现今安好，只是受了些皮肉之苦。

晚餐时一家人都默不作声。何羽芝一直低声叹气，林冯萍终忍不住道："月升被捉进去不过因为学生游行，短则

　　三五天,长则一两个月也就出来了。"她顿了顿,对父亲道,"倒是三爷您,现在腿脚不便,家里的兰草,还有外面的生意,还需要人去处理,这可怎么办?"

　　父亲沉吟道:"兰草倒也无碍,生意嘛,月升如此境况,也不是长久之计。以往家中大小事,他多少还能有些主张。如今……"父亲重重地叹口气,看向林冯萍,道,"冯萍,你可有埋怨我?"

　　"三爷!我怎会埋怨你,沈家是名门望族,您掌持沈家,领着我们一大家子这么多年多有不易,连我林家也受了三爷大半辈子的恩惠,冯萍怎敢对您有埋怨!"林冯萍又叹道,"我听说五槐门来了一吴姓大户,专以高价收购兰草,远销东洋,如不然,不如将兰草悉数卖掉,也好……"

　　"混账话!"林冯萍话音未落,父亲便勃然大怒道,"卖了兰草,我兰门沈氏如何立足于世?又如何面对列祖列宗?更不要说卖去东洋!冯萍,亏你还是出身滇兰世家林氏一族,当年你祖父与春兰'绿云'的佳话还被人津津乐道,你如今竟说出这些话来。'允德厥馨'的金匾还悬挂头顶,我沈家可还对得起这四个字?!"

父亲是真的伤心了,他一面说,双肩不住地抖动,哪怕是当年婉彬离家出走,也未曾见他如此悲伤入骨。

若鲤垂目,脸上竟然多了分若景的忧伤之色,他想了会儿,上前一步道:"论对兰草的研习,我自是不如父亲与大哥,但我沈门立足于兰界,想来也定是在万般艰难之时,都不曾放弃己所坚持。这种精神,或许才是我兰门沈氏一族立足于世的根。勉童不才,愿学做生意之事,许多理解抑或有错,但母亲,卖兰草一事切莫要再说了。"

"勉童,"父亲眼中满是感动,"与人交道,可不是你少时那一套'路见不平拔刀相助'便可行的,你学得来么?"

"凡事都有因果始末。只要肯埋首踏实学之,定会有成的一天。"若鲤神色平静,似乎下了决心要担起这个家,而在此之前,我还记得他只是个懵懂冲动的少年。

若鲤一番话,让父亲展露笑颜:"好,你这样想最好不过!"

我不知,此去北平,若鲤与父亲到底经历了什么,但如今的他,似乎长大了许多。

夜深,我徘徊在游廊。

春晓忍不住问我:"小姐,天这么晚了,咱们回馨园吧。"

"再等一等吧。"我望着游廊上那些明明灭灭的灯笼,有些失神。

"小姐在等谁?"春晓问。

沈府的游廊上,早已点起一列灯笼,一排延伸到尽头去,宛若一条赤红的游龙,在黪黑的夜里有灼人心扉的热度。我在等谁?

远远的,有人提了灯笼从游廊的尽头处走来。

春晓翘首望去,笑道:"小姐等的人原是他。那我先回去了!"

"好,你先去吧。"我点头。春晓告别我,提着灯笼转身离去。

若鲤走近前来,他望着我笑,我当作没看见,仰头看天上明月,今夜明月格外皎洁,平日里觉得白冷的光,此刻映在眼里却格外地柔美。

"昭忾,那天回来在馨园见了你,看你脸色不好,我也没敢多说什么。你今日可好些了么?"他轻声问。

"听说你们在北平的事,我原本以为……"我绞着衣角。

他却哑然失笑道:"原本以为见不到我了?"

"说什么傻话。"我忍不住笑了。

若鲤却长叹一口气:"此次北平一行,好似光阴逝去了大半。与你再见,仿佛已是又一轮回。"

"若真有轮回,我们也终会相遇。"我虽如此说,心中却感到前方的艰险与渺茫,这不过数月已让我仿佛经历了涅槃之痛,倘若有朝一日真的不能和他再相见,我该如何面对此生余下的时光？

若鲤一声叹息,那叹息声极为细微,却包含了忧虑,我忍不住侧过头去看他。他嘴角扬起一丝苦笑,道:"大伯被日方毒害而亡,他不过是政治与战争的牺牲品。危险就在身边,近日我常常想,下一位又将会是谁?我本以为,沈家不问军政,与兰相伴,远离战争。可要知道,国将不国,家也无以为家了。在北平,我所有的经历,都将指引着我朝未曾设想过的方向而去。"

"无论方向在何方,若为心中所想,便值得。"我轻声说。

若鲤转头看着我,湛湛双目意欲在我的容颜上找到一丝什么,我懂的,他这人其实从来不问值不值得,只看自己高不高兴。他看着我,一时之间竟没有答话。

我侧过头笑望着他,他也淡淡一笑。

我将含着的泪意忍下,我是怕的,害怕分离,害怕过往的平静与美好就这样消失不见。

若鲤不说话,只是看着我笑,笑得我都不好意思起来。

"你笑什么?"我嗔怒问他。

他一副了然于胸的模样,不说话,只是满含笑意地瞧着我。那笑容和眼神突然让我的脸颊发烫。我索性转过头不再理他,他却突然从背后将我拉住,将头靠在我的背上。

"昭忱,此去北平,艰难险阻。我很累,让我在你肩膀休息一会儿。"他的声音忧伤而疲惫,如一个受伤的孩子。可我知道,只有靠强大的内心和决绝的意志,他才能从北平那些生死相搏中艰难而归。如今,他卸下在北平时穿在身上

汉广伊人渺　心香寄远涯

的铠甲，如往日那样温柔待我，我没有推开他，就这样让他靠在我的肩背上。

两人也不知静在这里多少时辰。月光下他的神韵悠远而绵长，远处传来缥缈空灵的歌声，不知是埔河上的歌女，还是谁家的浣衣女儿。

我对若鲤轻声道："山水安在，岁月静好，君奈何求？"

伍

若鲤掌家已有半月，沈家在新力量的带领下一切安好。

若景入狱已一月有余，其间何羽芝去探望过几次，听闻他在狱中撰写了一部以《兰殇》为名的评论作品，何羽芝将书稿带出，交给了若景的好友胡先生。胡先生将这些文章拆分十数张，刊登在了他们创办的文学读物《蒙求》上。若景的文章一时间在国内舆论界引起了轩然大波，而若景也被众爱国人士称为姚月升先生。在众多人的帮助下，他终于得以出狱，回到沈家。若景刚一回沈府，却逢何羽芝的祖母去世，若景只得携妻回滇奔丧去了。

这一日，我转过五槐门的街角，在和静轩外见若鲤埋首在堆积如山的账本中。和静轩是沈家专为兰草制茶而设的铺子，其中草茶有百种，可医疾的有数十种，远销中外。

见沈通走过，与他道："二少爷，您看看这账本，这个月三家兰庄的账都在这上面了。"

"好。"他淡淡点头。

沈通一脸欣慰道:"哎,二少爷实乃奇才!"

若鲤并未再回答,于是我提裙而入,沈通见我来了,忙笑道:"大小姐来了。"

若鲤抬头见是我,很是高兴:"昭忱,你来啦?"

我走到若鲤面前,只见他桌上摆着大大小小几十本账本,不由得惊诧:"这么多账都要看么?"

"这还是只这个月的三家账本,其余工厂铺子的,都在通叔和各位掌柜手上。"他道。

我粗略地翻看,道:"记账的事务如此繁重,你做得来吗?"

"做得来做不来,也都要做好。"若鲤笑笑,"不然……"他眼波在我脸上一转,似有深情堆在眉间,"不然,请昭忱小姐多来帮我?"

我暗暗一笑,道:"我又能帮你做什么?"

"你来了,我便会做得更好了。"他笑,见我不语,又道,"兰草制茶,你是行家。上一次你配的'芸香青梅'不错,只是秋冬两季饮用略有些凉了,若你有空,配些温补的兰草茶方子,如何?"若鲤从柜上执起笔和纸说,"你写好,我叫人去配。"

"哪里就这么简单了?上一回我可是用了三日,才想到以菊花代替桑叶、安参减半佐以青梅的配方,你此时让我写,我哪里写得出来!"我惊诧道。

"啊,原来如此!"他故作惊叹道,"那么,昭忱小姐还是常来我们这儿，或许很快就能配出新的方子了！"

我知他何意，只得哑然失笑，不再答言。

"这几日悦行有来找你么？"若鲤突然问。

我摇头道："未曾见她，怎么？"

若鲤"哦"了一句，然后低头沉思，片刻又道："昭忾，我在想，东北那边发生了九一八事变，战争即将爆发，现在家里如此境况，又有许多生意未收整，我想尽快把工厂都卖了，再找一处山林，把兰草悉数种在那儿。咱们设法到安全的地方避一避去。"

"世道混乱，恐怕已很难脱手。此事可与父亲、大哥商量了？"我问。

"若等战争四起，为时已晚。"他忧心道，"存己之力，方可相助他人。"

我点头，不再多言，此刻没有比给他无声的支持更重要的了。若鲤轻轻拉住我的手说："昭忾，今晚我要晚一些回家了，你先回去吧。"

"你要去哪儿？"我问他。

若鲤没有回答，我思忖此事或许与邱悦行相关，于是不再多问。沉默片刻，便微笑点头。

我提裙出门，回头见若鲤仍旧对着我笑，但那笑容里竟有一些苦涩，我心中一沉，也望着他笑，两人就这么呆呆笑了半晌。直到若鲤朝我挥挥手，我才离去。

回到沈府，才听到两名小厮低声嘀咕。

其中一个道："你听说了么？出大事儿了！昨天王市长

的公子,被人剪了命根子!"

"他这是得罪了哪一家?"另一名失色问道。

"啧啧,听说是污了邱家小姐的清白,不过,王耀斯有今天也当真是报应!"

他们的谈话一字不漏落进我耳中,这王耀斯的事多有蹊跷,方才他们口中说邱家小姐,我想起方才若鲤问我可见到邱小姐,难不成?

眼见日落黄昏,我想该去邱家看看悦行,那人口中的"邱小姐"若不是她最好不过。

待到了邱家已近天黑,抬头一看,月入中天,叩门问询,不料邱老板父女都不在,我只得向邱家借了一柄灯笼,提了再往回走。路上为了避免僻静,我挑了靠近埔河的路,城东埔河晚间热闹得很。

待走到了埔河的梨花亭外,远远就见邱悦行独自站在河边。

河中的乌篷船上灯影恍惚,歌女们的歌声十分优美,却也十分忧伤,似乎在唱着远方的战场,也似乎在唱着她们悲凉的身世。在那些昏黄的灯火下,邱悦行的背影显得孤单而茫然,她与那些歌声融进这夜色里,让人心中忍不住生出隐隐的苦涩。

我提步上前,还未到跟前,却见一抹熟悉的身影过去,定睛一看,竟是若鲤。

这样的夜晚,与他二人这样相见,究竟是不合时宜的,于是我止住了步子。

若鲤先开了口，道："你这么晚来找我做什么？"

"听我爹说你最近帮了我们家不少忙，多谢你。"邱悦行嫣然一笑道。

"你客气了。"若鲤微微欠身，神情淡然，"我们是同窗，理应如此，况且我也没帮上什么大忙，如今世道乱，生意也不景气，大家都是互相帮衬而已。"

"我听说，王耀斯被……"她欲言又止，微微低头，再次抬起时双目澄澈而小心翼翼地望着若鲤，任谁见了都心生怜惜。

若鲤没回答她，只淡然一笑道："这么晚了，你回去吧。"

若鲤转身欲走，邱悦行却迎上来拉住了他的衣袖。

若鲤停下步子，不着痕迹地挣开了她的手："还有何事？"

我竟不知他也有如此漠然的时候。在我心中，若鲤一直都是阳光明媚、热情有礼的。我看着邱悦行失望的模样，心中轻轻叹息，他知道她的心意吗？

"勉童，我……"邱悦行凄然一笑道，"你难道不知道我的心意么？"

若鲤沉吟片刻道："我知道，但是悦行，你的心意不该在我这儿。"

"既然你对我毫无……又何必如此帮我？"邱悦行眼泛泪光。

"我做的，不过是凭自己的心意，不愿意见你白受了委屈。"若鲤沉默了一会儿道，"我心里很早以前便种下了一颗种子,如今已开了花,容不下别人了。"

我悄悄向后退着步子,将自己掩进了夜色中。直到他们的身影看不太清楚了,他们的话语也听不太清楚了,我才转身朝沈府方向走去。

解佩梅已被移植到馨园,有了我和春晓每日的细心照料,倒也渐渐枝繁叶茂起来,解佩梅的旁边是余蝴蝶,这两株兰花经过近二十年的分离,又终于重逢在同一片土壤中,重回到主人的身边。

春晓问我:"小姐,这株兰花为什么叫解佩梅?"

我笑道:"出自诗人杨慎的一首诗词,其间有一句'醉归去,香携满袖,似相适解佩,江仙散尘缘'。"

春晓似懂非懂地点头:"倒是别有一番意趣的。小姐,最近怎么没见二少爷过来馨园了呢?"

"他很忙。"

"我想起从前,小姐还顶不待见二少爷的呢!"她笑嘻嘻道,直到我假怒,才收敛笑容。

陆

这一日,快要到申时,我才换了一身青白色衫子去了和静轩。若鲤见了我,一脸的高兴:"昭忮,你来啦?"

我轻声应他,未说什么。他见我沉默不语,于是放下手中的事,问我:"这是怎么了?"

"没什么，只是有一件事……"我抬眼看他，一副不知该不该说的样子，我昨日终究是听了他与邱小姐的话，这总不算是什么光彩之事，可不说，又觉得有千斤石压在我心头，备受煎熬。

"怎么？你我说话，还要如此吞吞吐吐的？"若鲤的眼睛里满是信任与柔情。

我只好道："昨天晚上，我听到了你和悦行的对话。"

"我和悦行？"他思忖了一会儿，道，"你都听到些什么？"

"本想去探望邱小姐，逢她不在。后来我又想大概她也并不愿意我知道。在河边看到你同她在说话，于是便听到了，能听到的恐是都听到了。"我低声答道。

"可是，我……"他有些踌躇地凝望着我，这神情使我想起若景，想起那些令人心酸的过往，心底竟生出一股恨意来。

我微一咬牙，轻声道："我信你，便好了。"

嘴上虽说着相信，但却难掩眼里的慌乱。我没再说什么，和来时一样匆匆，又匆匆地回去了。

回了馨园，坐在采辉阁怔怔出了会儿神，却见春晓跑来。

"家里来了两个人，从北平来的，来人都是五十岁上下年纪，说是你的亲戚。我不敢怠慢，就让他们进来了，我想着去二少爷那儿找小姐呢，没想到你就回来了。"她一口气道，"我现在安排他们在云心堂候着小姐呢。"

北平来的？我心头一沉，照春晓的描述，应该是从前在

汉广伊人渺 心香寄远涯

北平时照顾我与母亲的马寿年夫妇，当年母亲去世时，家里已经捉襟见肘，他们没法子生活，便把母亲留下的东西能变卖的都卖了。恰逢父亲让若景寻到北平，我便被带来五槐门，十几年来全无音信，如今怎么又想到我了？

"好了，我知道了，我这就去。"我说道。

待到了云心堂，远远看见两个人坐在前厅，他们穿得倒是整齐，只是神色惶恐不安，桌上的两盏茶似是没有动过。我辨认了会儿，正是马寿年夫妇。他们只顾着低头惶恐，并未看见我，于是我重重地看了眼春晓，然后转身去了怡园轩。

春晓会意，独自进了云心堂。

坐在怡园轩，冬雨斟了杯茶给我，正值雨季，她壶中煮的是祛寒除湿所用的薏仁草茶，冬雨细心地用小银镊子拈了朵秋斛花置于杯中，她如今不似刚来时的慌乱，行事越发像春晓了。我向她报以微笑，她也笑笑，转身去收拾茶柜上的瓷罐，那些瓷罐里多数装的是我以兰草配着草药制成的兰香药茶，以及根据绿藻园所藏的残册上记载的配方而制的医疾香丸。

"小姐，可用准备饭食给他们？"冬雨收好装秋斛的锡斗问我，"北平来的那对老夫妇。"

"嗯，教厨房先备着吧。"我望向窗外，半阴天里清冷的日光透过真丝绡抽纱绣的屏风，是一种月色般的青，像汝瓷的釉色，清清雅雅的，却也惨惨淡淡的。屏风外依稀可见门口那棵紫薇，若是种一棵石榴、一株海棠或一丛毛竹，倒也还好，但紫薇本是单薄的花朵，应该群植才美，只此一棵，略显孤单了。

过了会儿,窸窸窣窣的脚步声传来,我抬眼,马氏二人已随着春晓畏首畏尾地走了进来。

"给小格格请安。"马氏徒然上前作揖,冬雨吃了一惊,春晓倒还是寻常神色。

"二老不用行这礼了吧。"我微微起身道。

"咱们小姐现在姓沈,是沈小姐。"春晓提点他们道。

"是是是,沈小姐。"马寿年赔笑道,"我这张嘴不利索,还是老婆子你来说。"

我缓缓落座,并未抬眼瞧他们,春晓给我斟了茶,我只盯着那盖碗,垂目道:"二老专程从北平来找昭忟,因何事而来?"

马氏一脸笑道:"是这样子的,几个月前,有一位沈先生到北平来,要走了佟格格一直留在身边的那株兰花,咱们想着他是佟格格的旧友,也就给他了。因为佟格格的嘱托,我们一直尽心照顾昭忟小姐和那些花草。"

"照顾得好与不好,我心里记得。"我依旧未抬头,杯里的秋斛被茶水泡得变了色,若隐若现地浮在米绸色的茶汤里。

"是是是,当年若不是知道小姐要来这么富足的人家,也舍不得小姐呢。如今若不是活得不好,哪里还好意思来见小姐呢。"马氏讪笑着说。

"哟,这是来要钱了?"春晓冷哼一声。

"不是要钱,不是要钱,不过是来看看小姐,希望小姐惦念着以前的情分，赏个脸，给口饭吃也便罢了。"马寿年笑道。

我一时心中翻覆，十分难受。马寿年夫妇唯利是图，当年若不是玉姑姑，他们还不知要欺我母亲于何地，若景将我接走时，佟家别院也被他们霸占了。

想那解佩梅定是父亲和若鲤买下的。他们见我原是来了大户人家，才跑来讨要钱财的。

我无奈，只能压住心头怒火，道："二老先在这儿吃顿饭，算是为你们洗尘吧。"而后，我吩咐春晓道："去备一桌饭菜，菜要好，酒要足。"又对冬雨道："二老专程而来，风尘仆仆，一路不易，再去找些好的衣裳。还有，叫婆子们取几双合脚的鞋来，送与二老。"

"是，小姐。"春晓出了去。

不大一会儿，春晓便率人收拾了桌子，又给马寿年夫妇净了手，我才陪着他们坐下。婆子们端来六样菜，另外配了几样点心，倒是布了满满一桌子。

"这是酒酿苋菜心，咱们五槐门的特产，还有炸响铃。"春晓一边将菜摆好，一边向马寿年夫妇道。

"哎，春晓姑娘有心了。"马氏赔笑道。

"五槐门属苏南地方，与北平是不同的。二老若无事，可多住一些时日！冬雨，这几日你便陪着他们赏一赏江南风光。"冬雨忙应了。我虽笑着，但心里却是冷的，我料想他们定不愿多留，只企盼拿了钱赶快走。

果不其然，马氏忙讪笑道："这顿饭吃罢了我们便回去，不劳烦姑娘。"

我会意一笑，对春晓道："春晓，把我红漆木盒里的金银全部拿来。"

春晓点头，将红漆木盒端来，在桌子上重重一搁，脸上十分不高兴。

马寿年夫妇瞧瞧盒子里，面露不屑之色。

"啧啧，我们虽是佟王府的旧仆，可在佟王府的那些时日，也没有人这么打发过我们。"马寿年冷笑道。

"佟王府？"我微微一笑，道，"当年是佟王府发了善心，收你们做了王府的鱼把式。如今再提佟王府，是来报恩的？"

"报恩？"马氏鼻子里冷哼一声，"昭忾小姐衣来伸手饭来张口，也不懂得我们穷人的苦。咱们俩千里迢迢从北平赶来这里，您给这么点小钱儿，实在是打我们二位的老脸呢。昭忾小姐，如今您贵为这沈家大小姐，住着金丝床，穿着锦罗衣，您屁股底下的这把椅子也不止这些钱了吧，您过得如此滋润，心里也不惦念我们这些故人，还能睡得踏实？"

见马寿年夫妇一副怀恨在心的模样，我微微蹙眉，深深地吸一口气，心中分外凄凉，怆然道："故人也好，旧情也罢。二位要钱，就说个数目出来，若我有，定成全了你们；若没有，也莫怪我不记旧情分，实属昭忾无能为力。"

马氏唉声叹气，伸出手指在我眼前晃了晃。

"这是什么意思？"春晓惊讶之余，不觉恼怒，她瞪圆了眼睛，"可别信口开河，小姐哪里去找这么多钱给你们！"

马寿年高声道："昭忾小姐好歹也是前朝的格格，咱们之间的这份旧情,十万不值?"

我笑笑,将茶碗往桌子上重重一搁,震得茶水溅了出来。

春晓摇摇头,无可奈何又气愤地跺跺脚,道:"哪里和我们小姐有什么情分,分明是讹诈来了!"

我敲了一下桌面,冷冷道:"二位请回吧,昭忺恐是完不成你们的心愿了。"

"嚅,赶人?不给我们银子别想让我们走!昭忺小姐您说话要摸着良心!那年佟王府被抄家,你们可都是前清余孽!"马寿年道,"我们冒着被砍头的危险和你们住在一个院子里。"

"前清余孽"几个字如针芒刺心,我啪地一拍桌子,指着他们道:"好一句'前清余孽',我这儿还有位'前清余孽',难不成你们还想一起见了不成?跟玉姑姑也讨个十万二十万的银子来花?若想见故人,我成全你们!只要你们还有脸面与她相见。"提起玉姑姑,二人面面相觑,不再说话。马氏小声嘀咕道:"给了银子我们就走。"

我淡淡笑了笑,啜了口茶,缓缓起身道:"照顾我母女二人的是玉姑姑,占着佟家别院不走的是你们二人,若不是母亲与玉姑姑心慈面软,你们早就饿死路边了。当年你们变卖了我母亲的所有遗物,如今便不追究了。金银钱财眼下我只有这么多,不嫌弃便拿去!二老年纪大了,若是被我沈府的家仆赶出去,只怕面上挂不住。"

"哟!还威胁我们!你还真当自己是沈老爷和佟格格的亲生女儿?当年若不是……"还未等马寿年说完,我便起身走了出去。

马氏见状,在后面呼骂道:"我呸!如今这副白眼狼的嘴脸给谁看呢!我告诉你,你今儿要是不痛快地把银子给我们,就莫怪我们把你的身世抖搂出来!看你还怎么当沈家大小姐!"

我走出门,手一抬,做了个送客的手势。春晓叫来几名家仆,将他二人赶了出去。

我站在怡园轩门口,其时风过,吹得那高大的紫薇花落缤纷,恍若一片萧瑟红雨。我仰头看着那满天的嫣然之色,暗暗惆怅。

众人推推搡搡地总算清净了,他们嘴里骂的那些难听之言我也全然充耳不闻。

春晓晓得我不高兴,遂屏退了家丁,端来一杯茶轻声道:"小姐,喝口茶,顺顺气吧。"

我垂目看着自己的脚尖,慢慢道:"我不是什么小姐,你方才也听到了。"

"小姐是沈家的小姐,是春晓的小姐。"春晓神色恭谨地答,"倒是的确要小心马寿年夫妇,他们在小姐这里没捞着什么便宜,可别去别处乱说话,尤其是老爷和太太那里。"

第七章

伤往事

月佩素
菰城一夜雨,风吹太湖清。
冰鉴花间宿,幽兰素抱明。

不过月余,便又到了父亲的寿辰,遥想几年前的风光寿宴,今年便有些寥落之感。父亲责令不许大办,在家中宴请些宾客好友也就罢了,于是只请了瑶池轩的掌厨来家里置办了两桌酒席,政商界的朋友也都没有邀请,来的皆是亲朋密友。若景夫妇也从云南归来,满身疲惫。

这日,邱老板携女邱悦行一同前来,同他一起来的除了秋山夏先生,还有另一位日本人。那人一身日军军服,腰间挂着军刀,他面有杀戮之色,让人见了心生寒意。纵然是礼貌的笑,也满是淡漠与凛然。秋山夏见到我,不忘行礼致意,我朝他微微点头,遂也无话。

邱老板拱手向父亲道:"沈兄,这位秋山夏先生你早已认识了,旁边这位便是秋山夏先生的兄长,日军第十二军第三师团的秋山义充少佐。"

"久仰大名,两位里边儿请。"父亲亦笑道。他面色倒还如常,嘴角仍衔着笑,眼神却是冷了下来,想他一时之间捉摸不准来人用意,但好歹来者是客,他笑着同秋山夏和秋山义充两人握了手。我见邱老板身后跟着邱悦行,便忙朝她笑笑。邱悦行脸色苍白,形影消瘦,她见我笑,于是也对我笑。二人相对无言,只是一味客气地笑。若鲤微微叹气,在桌子下轻轻碰了碰我的手。我转过头望着他,他眼里竟带有一丝愧疚。

"勉童,你这愧疚是对我还是对她?"我轻声问他。

"我只是感叹这世间人之情。"他无奈道。

过了会儿,众人鱼贯而入,准备说些贺词祝寿,但观那秋山义充脸色,也都一一噤声。邱老板也不知搞什么名堂,同父亲耳语几句,父亲便请秋山两兄弟往内间去了,留下众人面面相觑。

"三爷今日有生客。夏至!"林冯萍放下碗筷道。

夏至忙应了,走来问道:"太太有什么吩咐?"

"给大伙儿添点上好的碧螺春,待喝了茶,再开宴。"

林冯萍瞥了眼内堂,低声道:"茶喝罢了,三爷便该谈完了。"又似自语道,"也不知,这秋山少佐来,所为何事……"

"既然是邱老板带来的,或许是跟生意相关。"若鲤轻声道,"母亲不必担忧。"

"来者不善。"若景叹息。

"若想要馨园的兰草,恐父亲不会答应,真是一群痴心妄想的东洋人。"若鲤嗤之以鼻。

"只恐不只是觊觎馨园。"若景紧锁眉头,声音低微,含着满满的担忧。

林冯萍道:"你们俩兄弟莫要论国事,对客人也万不可妄加评论。"

若鲤苦笑道:"我们论的并非国事,是家事。"

半个时辰之后,父亲与秋山义充等人才走出来,仔细瞧去，众人的神情皆不相同，但大多是不愉快的，秋山夏又是一礼，而秋山义充则冷冷一笑，对身边随从说了一句日本语，而后转身离去。

邱老板面露尴尬之色："三爷，这……"邱老板欲说些什么，父亲却扬手示意他无须多言。

秋山义充等人离去，父亲却是一笑，示意沈通送客，秋山义充竟也没多言语，随沈通一路出了后间，待走到若景与若鲤身边时，他又忽地停下脚步，犀利的目光在他二人脸上逡巡片刻，笑了笑，这才徐步出了沈府。

待父亲落座，林冯萍问道："老爷，那秋山少佐，有何事找你？"

父亲啜了口茶："没什么，拜托我为他做些事，与其说拜托，不如说命令，或是要挟。我沈晋如这辈子还未曾受到如此'礼遇'，也算是头一遭，就当是开开眼界吧。"

"父亲如何答他？"若景在一旁沉声道，"想必父亲的决定将对五槐门有着不小的撼动，这已经不再仅仅是我沈家的事了。"

"关于五槐门商会之事，我虽拒绝了他的邀约，但我料想，秋山义充还会找其他人的。秋山义充与其弟秋山夏不同，秋山夏不过是爱兰人，而商会长一职，并非我沈家莫属，秋山义充不过是需要一个傀儡，一个棋子，不过是替他完成在中国的野心罢了。"父亲沉吟片刻道，"眼下时局动荡，凡事小心为上。"

林冯萍一脸担忧道："老爷，那从今日起，可如何是好？

你若不答应他的要求，他们会不会找我们沈家的麻烦？咱们沈家家大业大，免不得被何事牵连。"

"哎，莫要慌张。"父亲叹气道，"冯萍你也莫要太过忧虑，我们只能未雨绸缪。如今只有先把厂子变卖，兰草则悉数种回山林。勉童之前同我商量过，咱们举家都到安全的地方避避风头，如今国难当头，保存自己，才能帮助别人，趁如今还有这个人脉、气力。"

林冯萍道："三爷，我不同意！五槐门是我们兰门沈氏根之所在，我们又能去哪里？难不成……"林冯萍说这话的时候，横睨了我一眼，神情中带着森冷和怨恨，道，"难不成这儿有什么鸠占鹊巢的人要分我们的家，所以才给若鲤出了这样的主意！"

"母亲，我与父亲商量的即是我所想的，与他人无关。且今日是父亲的寿辰，你何必要如此说话惹父亲不高兴呢！"若鲤道。他说完不忘看看我，眼中十分担忧。

"谁是鸠占鹊巢的人？"父亲双眼凌厉地盯着林冯萍。

"你们心里都清楚得很，不是吗？"林冯萍冷冷一笑。

桌上的众人不约而同地屏住呼吸。

"姨母！"

"太太！"

何羽芝与若景几乎是同时张口出声，他们此举则更让林冯萍大怒。所有人都沉默了，林冯萍冷笑着，目光在众人身上逡巡，点点头，抬起手，指了指坐在对面的我，仿佛这十几年来，她就等着这一刻似的。"看来，你们都知道了！"

"姨母，无论如何，家人和睦才是最重要的。"何羽芝劝说道，她看了看身边的若景，幽幽叹息，"如今国难当头，我与月升此去云南，这一路……那边家人都去了，仆人也都散了，只落下一座空宅子。芝儿突然明白了，任何事都不如家人的平安喜乐重要。"

"你懂什么！"林冯萍呵斥何羽芝道，"何家人散了，可我沈家还这么一大家子人呢！"林冯萍一番话斥得何羽芝面颊发红，眼眶也湿了，她只得低头不语，若景忍不住轻轻抚住她的肩膀。

林冯萍又看向父亲，眼中有讽刺之色："三爷，坐在这儿的佟昭忾她不是你的女儿！更不是你那什么佟栩夕的女儿，她不过是佟栩夕从街上捡来的！"

父亲深吸一口气，缓声道："我和栩夕清清白白，我当然知道昭忾不是。"

"佟昭忾，若不是佟家旧仆马寿年亲口告诉我此事，我竟不知你瞒了我们十几年，你小小年纪，竟做出如此不堪之事，当真可怕得紧！你在我沈家，究竟有何居心？莫不是为了你那母亲讨债来的！"林冯萍气得手不住地抖着，关于我身世的谎言，似乎是对她的一个莫大的侮辱与伤害。

"父亲，我……"被逐出沈府倒是不怕的，只是唯恐伤了父亲的心。我望了望父亲，见他并无责怪之意，便忍下泪，不再多言。

冯萍却冷笑道："今日你不走，我走！三爷对佟格格的情分，我林冯萍无望攀比，但愿三爷守着佟格格的牌位，也能幸福此生了！"

"冯萍，你！你在说什么胡话！"父亲备感颜面扫地，他站起身来，所有人都看着他，每个人的目光都如道道刀光，我看得出他眼中的痛苦与无奈。

我只得起身，道："我母亲从无嫉恨之心，她对父亲的感情如秋月朗空，一片纯诚。她去了，黄土之下也望安息，请太太莫以莫须有的罪名强加于她。在沈家的十几年深受照顾，昭忄火深深感恩。我明日便走，望太太能够安心。"说完，我朝父亲俯身一礼，"谢谢父亲。"

言罢，转身便走。

若鲤就在我身旁，他突然拉住我，将我的手握在自己掌心。

我诧异回望他，见他目光温柔且坚定："你不能走。"

继而，他站起身，对众人道："昭忄火就算不是沈家的女儿，她也不能走，因为她将会是我沈若鲤的妻子！她是我的女人，自然要跟随我一辈子。我在哪里，她就在哪里。"

此话一出，满座皆惊。众人看着他半响，方才明白他说了什么。若鲤却是气定神闲，没有半点在意，他向来我行我素惯了，绝不会在乎别人的眼光。此刻他牢牢握住我的手，脸上也满是果决。

林冯萍怒道："你说什么？！你要气死你母亲才罢休是吗？！"

"我相信刚才已经说得很清楚了，我要娶昭忄火为妻。"

"勉童，她是你姐姐！"父亲沉声道。

"如今大家都知道昭忯并非沈三爷的女儿,男女之间两情相悦,日久生情,再平常不过。"在众人的惊叹声与议论声中,邱悦行的声音虽小,却是第一个站出来替我们说话的人。我原以为邱悦行定然对这段感情不屑至极,然而想不到,虽然若鲤拒绝了她的一片真心,可她并没有怀恨在心,并能理解至斯。我朝她感激地一笑,邱悦行也朝我轻轻笑了,那笑中有释然,也有祝福。

若景投给若鲤赞许和羡慕的目光。若鲤的爱纵然霸道无理,却是若景给不了的遗憾。或许若景也曾经想过这样坚决勇敢,但最终还是选择以自己的方式护我周全。

我心中泛起阵阵柔情,前几日内心还在挣扎,畏首畏尾,举步不前,这一切的担心,在刹那间全部消失殆尽。我轻轻回握住若鲤的手,向他微微一笑。

贰

父亲重重地叹息,他看着我们,半晌儿才转身走出去。

我们跟在他的身后,来到前厅。我站在当初来时门口的地方,仿佛一切又回到了十几年前的清晨。那时候,黄妈拿着扫帚,翠儿端着兰碗,微笑着上下打量我。而如今,她们却远远地站在门外,向大厅里面张望。

"沈昭忯,你真是好手段啊,沈家上上下下、老子儿子全都为你神魂颠倒!你是不是得意透了?"林冯萍吼得声嘶力竭，她随手往桌上一抓，抓住了一串翠玉佛珠，那是一串每一颗都雕了福禄寿纹样的十八子念珠，是我为父亲备下的生辰寿礼，林冯萍见着这念珠，更是气不打一处来，攥住这东西狠狠往我额头上掼了过来！

那佛珠重重地掼在我的额角上，黏稠的血液从我的头上渗出并蔓延开来，模糊了我的眼睛。

佛珠落到地上，碎裂开，有些没有破碎的珠子脱离开红丝线滚到别处去了，我记得那是我与若鲤一起在流翠坊选的。我慢慢弯下腰，想去把它们拾起来，可是眼前的一片红色让我看不清楚。我模糊听得父亲大惊失色道："冯萍，你这是做什么！"

"她是她母亲来索我的命的！"林冯萍再次扬高了声音，"她怎么可以这么对待我们的儿子。她简直是魔鬼，是魔鬼！我当初说过不能把她接回来，你看看她都做了什么！"林冯萍颤抖着并有节奏地诉说着她的怒火。她的话让我想起了母亲，在北方寒冷的岁月里，她独自裹着棉被望着窗外的雪，我说什么她都不理会，沉浸在自己的世界里。

从走进沈家这扇大门的那一天，一个又一个破碎的画面在脑海中浮现，突然觉得一切那样可笑。在我把手放进若景的手里，并同他走进这个陌生的家的那一天起，我的生活早已如同这满地的珠子一样碎裂开。或许我该早些离开这里，早些放弃我憧憬的那些所谓的爱情，也好过我此刻的难堪。

我摸索着拾起半颗碎了的珠子，想去寻找那半颗，却被若鲤轻轻扶起。

他用手擦去我额头上不停外流的血。我望着他一字一句地说："这是一个本就不应该开始的梦，我怎么可能会爱你们呢？我有什么资格爱你们呢？"

父亲站起身，向我走来。

我的脸色一定很苍白。

父亲看了看我，对沈通道："叫大夫。"

可有些东西，不是给了就能轻易拿回来的。

"忘了今天的一切，你还是你，我也还是我。"我轻声对若鲤道，头越发地昏沉，只想就这样在他怀中睡着。

"如果能忘记！"若鲤俯下身道，"我已经想好了，此生非昭忱不娶。请父亲母亲择时挑个好日子，我要昭忱风风光光、堂堂正正地进我们沈家的门。"

若景站在一旁，他轻声道："请父亲成全。"

我眼前一黑，一切都听不到了。

昭忱，昭忱……梦中似乎有人在不远处呼唤着我，那声音与若鲤如此相像，我向着有光的地方奔跑而去，天地间只有浓浓的雾气与我顾影自怜。

突然地惊醒，我胡乱地推开迎面而来的人，我听到有东西摔在地面上碎裂的声音，看到春晓那红肿的眼睛和略显憔悴的脸，她的手半擎着，脚下是方才摔碎的青瓷碗。

"小姐，"她惊喜地看着我，"你醒了？"她搓搓手，笑着说，"我这就去告诉二少爷。小姐，你等会儿，我再给你端一碗来。"她蹲下身去，快速拾掇着地上的碎片，锐利的碎刃划破了她的手，但她似乎并没有在意这些，把碎片都收拾起来,又看了我一眼,才转身跑了出去。

"大少爷?"春晓很快退回来,看看我,又看看走进门来的若景。

"昭忱,"他轻声说,"醒了?头还疼吗?"

我一时间还没有恢复说话的力气,只是茫然地看着他。他这样问我,我才突然觉得头疼起来,我摸摸头,缠着药布,厚厚的,湿湿的,似乎是汗水或者是药汁渗了出来。我此刻的面色一定非常苍白,或许是蜡黄的,我感觉凉气从我的头顶直穿而下,彻骨的寒冷使我颤抖起来。

"小姐,小姐,小姐!"春晓一连喊了我三声,仿佛她不叫我,我此刻就要死去了似的。我努力对她笑笑,想安抚她的恐惧,春晓看着我,突然落下泪来。她边抹眼泪边说:"我给你拿药去。"

门一掩上,便听到她嘤嘤的哭泣声。

"昭忱。"若景走上前来,坐在我的床边,他温柔地扶着我的头,"春晓这两天很是为你担心,每天都守在你身边。熬药,换药,都是她一个人忙。你头还疼吗?好好休息,别的都不要管。"

"勉童呢?"

"他?他身体有些小恙,在房间里休息。等他好些了,再让他来。"若景微笑着帮我掖好被子,"听大哥的话,好好休息,别胡思乱想,父亲那边,自有我在。"

若景站起身来,凝视我许久,才缓缓走出去。我知道,他也明白,从那天开始,当所有都晒在阳光下的那一天,我们的生活便已经改变，或许更加亲密，或许永远地分离。

　　我该感谢他，在我最无助的时候，又一次给了我微笑，如我当年踏入这个家一般。

　　午后，阳光稍有明媚。春晓走进门来，见我醒着，便道："小姐，有人来。见吗？"

　　"是哪位？"

　　"一位是陈先生，一位是陈先生。"春晓挠挠头，又说，"两位都是陈先生，一位时常来我们家，与若鲤少爷是同窗，另一位戴着帽子，没看清楚样貌。"

　　自那一日，除了春晓与若景，我几乎没有见过任何人，也许父亲希望就此把我搁置在这个院中，渐渐忘记永不见才好。我不知他为何没有把我赶出沈家，也许是出于对母亲的亏欠，也许是出于十几年的父女之情，他默默地允许了春晓留在我身边，也允许了若景每日的探望。我从枕头下拿出父亲送给我那宅子的地契，想着如何将它归还。我将不是这大院中的人，我终究是要孑然一身来孑然一身去的，尽管我曾经那样极力地想为母亲拿回属于她的一切。

　　"让他们进来吧，昭忱也不能终日都不见人。"若景走进来说。他每天都在这个时候来探望我，像林冯萍每月都要做的佛事。

"陈先生请。"春晓的话音刚落，便见子沛急急忙忙走进来，几步跨到我的床前，急急地问："听说你受伤了，摔到头了，还记得我是谁吗？我是陈子沛啊！我们是同窗。若鲤你认识吧？若鲤，他是你弟弟，你们也在一个学堂。"

若鲤，子沛提起这个人，让我恍若隔世般，数日来没有见他一面，不知他如何了。子沛还想说些什么，若景拍拍他道："子沛，你还想要再介绍谁呢？"

"姚老师？"子沛略有诧异地瞧着若景，"大家都很想念老师，没有您，我们的国学课乏味多了，新来的先生也不大与同学交流。差点忘记了，我今天来是给你们带来一位老友的。"

他招呼过那位一直站在门边的戴帽子的男人介绍道："子筱，陈子筱，我的堂兄，叔父遗散多年才找回来的儿子。子筱说与你们还有些交情，我问他又不说，今天就带他过来了，也让我知道知道你们之间的故事。"

"昭忻。"那位叫陈子筱的人摘下帽子，我与若景却惊住了。

那是一张怎样的脸啊！白皙的面容上一道撕裂般的疤痕从眼角延至嘴角，只有右边的脸还能依稀看出他的样子，我们永远也忘不了那张绝世容颜如今竟会变成如此。

方君柯，那个曾经飞扬在戏台上的美少年。

"君柯！"若景端着药碗的手竟然也抖了抖，他呆立半响，才站起身来，"我们都以为……"

"我跳下江水的一刹那，也以为一切就这样结束了。可命运如此，我被一家渔民救了上来。"他微微一笑，那笑容却十分骇人。

我们都沉默了，不知为君柯的归来是喜还是忧。因为面前这人，仿佛已经不是那个戏台上的方君柯了。

"那渔船就是我家的。我母亲看见子筱脖子上戴的玉佩便立刻认出来他是子筱，世间竟然有如此巧的事！"子沛笑着说。

君柯也笑了。

我第一次感到，他们的笑容其实不那么相像的。

第八章 忘 记

水胭
欲赠伊人少管弦,高山流水舞婵娟。
仙姿玉立清风起,一笑嫣然漾水胭。

壹

那脚步声消失在走廊尽头的时候,我睁开眼睛。

是你吗,若鲤?我突然难过起来。日子在流走,我却似乎忘了那曾经的生活一般,游走在这个熟悉又陌生的院子中,偶尔一些如碎片的记忆闪现在我的脑海中,忽而想起,忽而又忘却。大夫说也许是头部受创的后果。也许今天我还踏着园子里初长的草,明天我可能就会独自徘徊在五槐门的街上找不到回沈府的路。床上的纱帐不知何时换成了绿色坠着黄色的流苏,那颜色像极了院子里的草。

我看着床上的流苏,渐渐昏睡过去,没睡一会儿,忽然听到门外有响动。

"春晓?春晓?"我忍不住唤道。

春晓往常是睡在我暖阁后的茜纱橱里的,然而今日唤了她两声,仍不见有什么动静,心中隐觉不对。我披了衣服走到暖阁外,却也没见到她。我怕春晓有什么事,于是开了门想出去寻她,却不料一打开门便看见采辉阁方向火光熊熊,将黑夜烧得通亮。

"采辉阁失火了!"

我隐约听见人喊。

失火?我想起先前让春晓去采辉阁取解佩梅的事,忍不住一个激灵,忙转身向采辉阁跑去。

待我到了采辉阁,却不见春晓,而出路也被倒下的残木封堵住了,火势过于猛烈,前方什么也看不清楚。走不进采辉阁,阁外的几层廊柱和外厅都掩在了熊熊大火与滚滚浓烟之下,我只觉得天旋地转,呼吸困难。直到黑暗中有人唤我的名字,并紧紧护住我的肩膀。

"昭忪。"他的声音淹没在噼里啪啦燃烧的火声中。

是若鲤!

我惨然一笑,几日未见,再次相见竟然是在这里。

"春晓。"我只觉得喉咙干而剧痛,拼尽全力指了指采辉阁。

"你不要命了?"

"这火……"我只觉得额心生疼,仿佛额间的火焰与眼前的火海融为一体。

"有我在,别怕。"他的声音温软柔和,却坚定有力,"冲出这里,我们一定好好活下去!"

我的记忆,停留在我们冲向火海的那一刹那。

好在,大火中无人丧生;好在,春晓当时并没去采辉阁。她听闻我拼了命去救她,早已经哭成了泪人。据说她让冬雨照顾我,自己则在佛堂外跪了一天一夜,祈祷我与若鲤平安无事。她被抬回来时,腿已全肿了,膝处淤紫不堪。

若鲤是第二日才醒的,大夫诊了,倒是没有什么大碍。林冯萍悬着的心这时才放下,想要找我出气的心也缓了下来。我望着桌上的太白素,只感觉一切恍若隔世。

待春晓双膝痊愈,已是夏末秋初。这一日,她又拿着写好的字条走进来,将字条装进我的手袋中。

"春晓,你不用费心了。"我看着她说,"病发作的时候,我看了那些也无法想起,无法相信。"

"会有用的。"春晓淡淡笑了笑,"会有用的。"她似乎在安慰自己一般,默默地低声说。

"春晓,我想搬出这里,搬到父亲送给我的那套宅院去。"

"若是去了那儿,小姐会更不记得这里了。"春晓担忧地看着我,"小姐还眷恋着馨园,眷恋着沈家,春晓知道。"

"勉童呢?"近日也不见他了,我突然隐隐地担忧,忍不住问道。

春晓一愣,又轻声道:"他来过了,看你在休息便去了。

近日发觉他脸色不好,身体也消瘦。我总看他徘徊在廊下,想进来又不敢进来的,好似刚长大的时候呢。"

刚长大的时候?从什么时候开始我们变成大人好久了呢。

窗外的云很闲散地飘荡着,没有方向地经过窗前,就像我们长大的岁月,那样不经意的,却匆匆而过。

在此后的两天里,便再也没见到若鲤,直到两天后的清晨,我打开门,见他手里捧着两个丝绒盒子站在门口,看见我便很开心地走进屋子。他把那两个丝绒盒子小心地打开,里面又是两个盒子,是两个香檀木的盒子,盒面上雕刻着两朵淡淡的玉石兰花。

"以后把不想忘记的事情写下来,放在这里面,就不会忘记了。"他笑着说。

"会有什么不想忘记的事情呢?"我问他。

"这个家,这个院子,馨园,猗兰院,解佩兰,余蝴蝶,这棵总不开花的太白素,还有春晓,若景,还有……"他却突然停住了,只是那样看着我,久久地看着,突然抚抚我的发,眼里满是不舍地笑着说,"还有我啊,如果你不想忘记我,把我也记下来吧。"他以前从来不会这样用"如果"的字眼来假设我们的感情。

"我当然要把你写下来,写满一张纸,这样你就放心了?"我笑着,执起盒子,"做得真漂亮,只是为什么要做两个?我哪有那么多事要记录?"

"这个是我的,我想把它带在身边。这两个盒子叫'连心盒'，我不在你身边的时候，也会知道你过得好不好。"他轻声回答。

"哪有这样的事，你不在我身边，怎么会知道我好不好。"我莞尔，看着他的眼睛。若鲤，我多么怕把你忘记。

如果让我选择只能记住一件事，那便是你。

"我知你又忘记了，这是你送与我的，"若鲤说着，拿出其中一个，"这枚是我的，我想把它带在身边，两个在一起名为'莲心合'，取'连心'之意。我不在你身边时，也会知道你过得好不好。"

"二少爷也真是费心了，小姐哪里会忘了你呢。"春晓在一旁微微叹息，眼圈儿一红，勉强笑道。

我每天都多了件事情去做，听春晓讲我忘记的事情，还有翻看盒子里的字条，里面记载了十几年来我在这里的一切。其中有我们逝去的童年，还有我们留在五槐门街口的欢乐与悲伤。

那站在古钟下面的男子是我认得的人？他已经跟在我后面穿过了两条街道。

最后我停下来，在古钟的不远处，而他也适时地停下来，站在那里望着我，而我也并不清楚为何自己要站在这样一个陌生的街道。一切就如梦境一般，没有恐惧，也没有欢乐，而我就像一个飘游在这里的幽魂，没有过去，也没有未来。

在所有又回到我脑子里的时候，那些状如乌鸦的飞鸟已经朝着即将落下去的太阳那边飞去。而若鲤就站在我对面的古钟下面，我们在这站了多久？

我无助又歉疚地看着他，若鲤却只是笑笑："站得久了，会很累。我们回家吧。"

他走在前面，夕阳下的他那样疲倦，步履缓慢。

恐惧从心底油然而生，我上前拉住若鲤说："如果有一天我将你忘记了，怎么办？"

"如果你能快乐，忘记就忘记吧。"他苍白的脸微微一笑。

"忘记你，我怎会快乐？"泪落下来，我第一次尝到悲痛彻骨的滋味。

"当你不知道这一切的时候，又怎会不快乐呢？"若鲤指指天边的云说，"云聚云散。就像若景说的，某些发生过的事情注定会被人遗忘掉，而遗忘它的最好方式，就是没有人再向你提起这些事情的任何细枝末节。当时间已经腐朽到了可以令事情糜烂在记忆里的时候，一切都将不复存在，包括曾经是否出现过的人，和说过的话，我都将不再记得，也没有人会记得。我不存在的时候，你也同样不记得我。这与快乐就再没有什么关系，我们就像这个世界上从来没有擦肩而过的两个陌生的人。"

那一天的傍晚，他拉着我的手，在园子里坐了好久，我们将我踏入这个院子里来十几年来的记忆都拾来，一件一件，欢笑与悲伤。

我并没有理解若鲤的意思,我以为他说的,只是关于我失去记忆的事情。可谁知,他很快便要离开我了——去日本。

父亲的好友周先生为他找了那里最好的大夫,治疗他的病症。他患了家族的遗传病,而我并不知情。虽然周先生告诉他"两年即归",但为了我,若鲤本不想去。

"你可想与我长相守?"我轻声问他,"但求一人心,白首不相离。"

"这辈子我还需照顾你,没有命了可不行。"若鲤看着我,苍白一笑,亦轻声道。

第二日,沈若鲤便跟林冯萍提了去日本治病的事。林冯萍自然愿意,她深知若鲤去或不去都是因我的缘故,遂特意来我这里与我相谈,这也是她第一次来找我。

她来的时候安安静静的,极轻的脚步声从门外传来,隔着纱帘便闻得到她身上特有的桂花香气,她终日里摆弄那些桂树,香囊也只填着干桂花,胭脂中也融些许桂花粉。

绛色绣花饰珠门帘一挑,哗哗啦啦地脆响。林冯萍走进来,她见了我,颇为难的,浅浅一笑。我见她去了藏蓝色银狐薄氅,上穿石绿色提花锦缎衣,下着深湖水绿百褶长裙,发髻上别了支银丝盘就的八宝镶珍珠素银簪子,旁边点缀了几枚极其精致的碧玉梅花,略施粉黛,形容却憔悴得很。其身后跟着丫鬟十数人,走得整整齐齐,她们手里擎着掐丝珐琅镶宝盒、玉盂、錾花金镯、镶宝银梳、雕花银手镜等精美器礼。

"太太。"我起身欲施礼,她却摆手示意我坐下。

"一家人,你身子不好,便不必多礼了。"林冯萍谦和地笑着,"这些时日,也辛苦你了。我以往对你……我……"憋了半晌,她才幽幽道,"你可好些了?"

我知她要说些什么,便对她笑道:"太太多虑了,若鲤去日本医病一事,我也是赞同的。昭忱不能替父亲与太太分忧,已是不该,心中万分惭愧。"

"我就知你是个明事理的孩子!哎!"林冯萍满眼感激,又徒然叹气道,"因你父亲对你十分爱护,我又嫉恨着你母亲,这么多年来便把这恨全向你一人发泄,本是不该。女人对爱人,通常是倾其所有的,自然也希望得到所有。我们渴望爱,也用一生学着去爱,竟不知'爱',也能如此自私。"

"太太,佟格格虽非昭忱生母,但情分自在人心,血脉或许是上辈子修来的福气,我没福气为她所生,却有福气为她所救,更感恩父亲这么多年对我视如己出,也感恩太太愿意收留。"我抬眼望望窗外,窗外那棵芙蓉开得正茂盛,只是那花瓣的粉色淡得发白。

林冯萍遂又招呼身后的侍婢:"来,你们都过来。"待她们走近,林冯萍执起当中一人手中的宝盒,道,"我也不知你喜欢什么,差人特别从流翠坊打制的银花丝宝盒,可放首饰之用;这件和田羊脂水盂,你喜欢写字画画,一定用得着。还有……"

当她拿起手中的金镯,我起身谢她道:"太太有心了。昭忱并不需要这些,但太太的心意昭忱懂了。多谢太太,可这些，我不能收。"

"你莫要多心。"林冯萍笑笑，双目瞧着我，似乎并不诧异，只是略有遗憾之色，道，"我来此，你父亲是知道的。他本也不叫我带这些，可我首次来你这里，空着手便觉得过意不去。这人上了年纪，多少总还有些旧习气。"

"若是待昭忱还如家人，便无须客气了。太太，您也是我的母亲。"我轻轻道，却不料林冯萍听了我的话，久久不语，半晌竟落下泪来。

林冯萍拭去了眼角的泪道："我知你并不稀罕这些凡俗之物。可我也没什么法子来表达我的心意，以往对你做的该与不该，念在你父亲的面上，我……"她苦笑，突然又似想起了什么，从手袋中掏出一个绣了兰草的青色荷包，荷包里又倒出一串珠子来，正是父亲寿辰那日她丢过来的那串。"昭忱，这个我让流翠坊的师傅修好了。那日是我对不住你。这荷包是我亲手绣的。"

我接过，细一看，荷包上竟绣的是母亲的余蝴蝶，上有诗一首："人生伤往事，小草亦悲秋，不见清风里，菊开旧年愁。"

我眼眶一热，林冯萍颇不好意思地笑笑："总也不做，技艺生疏了，针脚也不好，就当我的一片心意吧。"

她一边说一边走到窗前去，掀开精致的翠玉香炉盖顶，往里面投了两颗香丸，香炉里升起袅娜白烟。她轻轻扇了扇，又将盖子盖上，香的烟气自盖中的孔洞处散出，缓慢地消散在空中。

若鲤离开五槐门的那一天，我并没有去相送。只让春晓将另一枚檀香盒子让他带走，盒子里有我写的字条，那是我们在沈府的半个人生。

若鲤走后，在日军的猛烈进攻下，北平、天津、上海相继沦陷，五槐门虽地处江南，也难免被战火波及。中国与日本方面也彻底断了联系。在与沈若鲤失联的第二年，林冯萍与父亲也相继病故了。父亲一生都以为自己心中最爱的是佟栩夕，然而陪了他一生，爱了他一生的人，始终是林冯萍。到底是陪伴还是懂得更重要？他也说不清了。

日本人寻遍沈府馨园，也未找到一株兰草。正如父亲所言："国不国，非尔国土，兰自无踪。"兰门沈氏一族就此衰落。据悉，秋山义充带领日军占领沈府时，采辉阁上"允德厥馨"的金匾被秋山夏留下带回了日本。

在战火中，一切事物都迅速凋落了，唯存于世的，便是对未来的希望，还有我们的君子之心。

清凉寺的大殿中的佛音空灵："皈依佛，皈依法，皈依僧；皈依佛，两足尊。皈依法，离欲尊；皈依僧，众中尊。皈依佛竟，从今以往称佛为师，终不皈依自在天魔等！皈依法竟，从今以往称法为师，终不皈依外道典籍！皈依僧竟，从今以往称僧为师，终不皈依外道邪众。"

我跪在佛前轻声祝祷："菩萨，请给我们指引一条明路吧。生灵涂炭，万法归心。愿他在远方平安喜乐，只愿我们此生还能相见。"

我已不记得太多。沈婉彬一头黑发依旧,眼中却再无以往的含羞带俏,自林冯萍和沈晋如相继去世之后,她便越发沉默。究竟她执着的是尘世中的一点痴念,还是家业凋零的万念俱灰,都不得而知。

送陈子沛去云南参军的那一天,我曾问过他,为何不与婉彬同行,让她带着一腔遗憾遁入空门。子沛只微微叹息。但听说,后来他还是与婉彬一起走了,清凉寺的住持做了他们的月老。乱世中,遁入空门未必是最好的选择,只有与爱的人相携相守,才是真正的勇士。我们互道珍重,彼此告别。或许此生无缘再见,但存在心里的,终究抹不去。

我将解佩交给邱悦行保管,但邱家却遭到了屠杀。当我赶到的时候,邱家烧得只剩一片废墟,火整整烧了一夜也没烧完,还在噼里啪啦地烧。从前的金屋玉瓦,如今落得一片断壁残垣,让人看了忍不住落泪。只是一夜而已,天地翻覆,一夜之间家园陨灭,家破人亡,这情形同两年前馨园大火多么相似。没有巧合,一定是因为解佩梅的存在,才枉送了邱家一门的性命,悦行也不知何处去了。

我终于将最后一点记忆也忘了。

当车门关上的一刹那,我突然掩面哭泣起来,不是因为我失去了所有,而是因为我失去了最爱的人,他们带走了我的一切,可他们是谁,我竟不知了。

那些已经不在的人,在另一个世界里是否也快乐着?

当我忘记一切的时候,君柯站在我的身旁,在我耳畔轻声说:"我答应他,让你好好活下去。请记住我的名字——陈子筱。"

我以为那是风的声音,或许是梦境里的呓语。

午后阳光照耀着园圃里的一片紫色蝴蝶兰,子筱说那是我最爱的花。我微笑着拉着他的手,行囊中却没有一丝温暖。

檀木兰花盒里躺着一只孤零零的青色荷包,我将它拿出来,荷包上绣了一株兰花,底下躺着一小撮白穗子。打开荷包,里面飘落出一把发黄了的零碎碎的纸条,每张字条上都写着极俊秀的簪花小楷。

我带着记忆的行囊,随着陈子筱回到这熟悉又陌生的地方。我竟不知,二十年前,我也曾在这儿挥洒过我的欢乐与悲伤。

然而,一切都随着时间的沙漏而去了。

终于到达山顶,原来山的那一边还是山,长满了树木的山,总以为会有什么区别,到头来却发现根本没有任何的分别。

远处的天空飘着苍白的浮云,风灌进我的衣服里,空气的凛冽令人窒息。山下新建的房子,与倒塌的屋子交织在一起,看不清它们本来的模样。

炊烟从一家低矮的屋子上空飘起来。

子筱从身后拥住我，刹那间，我感觉到身体如同被撕裂一般的疼。他在我的耳边说："昭忳，你看到了，沈家大院已经不在了。"

他指着山包下不远处一个枯死的木桩："那是院子后面的大桑树，我还记得我站在那里教婉彬唱戏的事情，你记得吗？"

他抬起手腕，扬起眉，缓缓唱起"都天大人容禀——"，响亮的声音响彻在空旷的天地间。

走下山坡，我走到那个木桩前坐了下来，抚摸着那逝去的生命，粗糙的触感带我走进被封存了几十年的记忆。一座低矮的房屋里走出一位头发花白的妇人。她拾起屋门前的树枝，熟练地将它们折断，夹在腋下，当她抬起头看到我们，她突然颤颤巍巍地动了动嘴唇。

"小姐？"不再是那个熟悉的声音，不再是那张熟悉的面孔，但我却瞥见她额角的那颗朱砂痣。

春晓告诉我，若景与何羽芝生了三个孩子，何羽芝病逝，若景和清儿生活在一起。一生未嫁的邱悦行守着满园盛放的解佩梅，一年前辞世了。她说这些话的时候，眼睛望着远方，没有欢乐，没有悲伤。

一切好像回到了三十几年前，幽兰满园，树影摇曳的黄昏，那个抱着余蝴蝶的小姑娘，刚刚踏进沈府的大门。

番外：时间的嘴

我们是来这世上旅行的时间的脚，也是讲述这段旅行的时间的嘴。

"妈妈，你总有很多秘密。"苏玛边修剪着院子里的矮木丛，边和我聊着。

"秘密？"我不禁笑了，苏玛，我的女儿，我不清楚她小小的脑袋里都装着什么，但她总是能比她父亲更贴切地感受到我情绪的变化，她总是能清晰地猜测到我的想法。我内心的世界，总是无法逃避她投来的真诚与机敏的目光。

我以为我曾经忘记了的过去,却越发清楚地涌现在我的记忆里。我应该忘记了的，我应该都不再想起。如今却突然怀念起来，我怀念那园子里的兰草，怀念那些故人的微笑，怀念五槐门午后明朗的阳光，怀念那棵高大的桑树，还有桑树下那人的笑脸。

是子筱教会我忘记，而我们的女儿苏玛却让我学会想起。当我看到她手心里那枚褪了色的盒子的时候，所有的记忆都如潮水般翻涌而来。

"妈妈！"苏玛扬扬手中的盒子，"这是什么？"

"一个盒子。"我笑着回答。

"盒子里面是什么呢？"苏玛拍拍上面的泥土。

我看着那枚褪了色的淡绿盒子，上面依稀还有浅浅的花纹，两朵玉石雕刻的兰花静静绽放在盒盖上。

"若鲤。"当这个遥远又熟悉的名字从我的嘴中吐出的时候，我突然哭起来。几十年积压的思念在顷刻间崩塌，淹没了我所有的思绪。我原本以为，当年车门关上的一刹那，当我沉睡了三天三夜又睁开眼睛的一瞬间，我已经脱离了过去的一切，我已经开始了新的生活。然而，若鲤，这个在我心底存在了几十年又让我忘记了几十年的人，此时此刻却让我痛得无法呼吸。

"你的手是用来牵的，我说不放，就不会放。"我忆起那一天，若鲤牵着我的手，坐在回廊里，看着那满园的解佩梅静静绽放。他温暖的笑容，微微扬起的嘴角让我忘记了北方的寒冷。

这个城市的秋天为何会如此寒冷。我看到的这个世界只有一片灰色的天空，我整日对着它胡乱描画出我的人生以及那些成为过去的历史。

"妈妈，妈妈。"我吓着苏玛了，她跑到我身边，"妈妈，若鲤是谁？他是个坏人吗？为什么会让你哭呢？他是个坏人。苏玛不要盒子了，苏玛把它扔掉！"

她竟然真的扔掉了，盒子被掷出去，撞在篱笆上，散落开来。里面发黄的纸片飞扬着落下，落在泥土里，和那些残枝败叶一起，混乱得看不清楚。

"苏玛！"我惊叫着，急忙站起身来，却感觉天旋地转，在我还有意识的一刹那，我的手向前伸着，想要抓住那份突然拾起的记忆一般，心脏的疼痛让我失去了呼吸。

贰

刺眼的白光让我感觉这是清晨，那紧紧握着我的手，有些温暖，却也有些遥远。

"若鲤，别走。"我缓缓吐出几个字，睁开眼却看到那熟悉的蓝色天花板，还有子筱平静的眼睛。

"筱。"我慢慢地回到了现实，"筱，那一切都是梦对吗？"

"对，是梦。"他笑了，左边面颊上的疤痕更加清晰起来。

"筱，你从来不和我讲你的疤痕，你也不和我讲我的过去，你是在瞒着我什么，对吗？"我诚恳地望着他，这是我第一次这样热切地想知道我的过去，曾经我是多么想忘记过去，如今我却万分渴望地想想起它。

"没有，你没有过去。"子筱抚着我的发，温柔地回答。他的温柔却第一次刺痛了我，我推开他的手，这样的生活太不可思议了。

"没有谁会没有过去。陈子筱，你为什么要这样对我？"

"这样不好吗？有我，有苏玛。何必要苦寻自己已经忘了的过去？而那恰恰是你永远也不需要记起的。"子筱瞪大眼睛——那布满红血丝的眼睛。子筱有五十岁了吧？年轻时候的他一定很美，是一位美丽的少年，看他的右半边脸，那样清秀。这样一个清秀的男子，会和我有什么故事呢?

"昭忟,你要好好地活下去,只要你好好地活下去。这是我对他的承诺。"他有些痛苦地闭上了眼,靠在墙上不再说话。他沉静了会,叹了口气,摆摆手说:"昭忟,你先休息吧,我也需要休息一下。别胡思乱想,如果你想知道,你自然会想起那些人和那些事。"他转身走了出去,脚步声消失在走廊的尽头。

勉童的信

昭忾,这是我写给你的第九百封信。

我最近总是做梦,梦到故人,梦到故里。昨晚我又梦见了馨园,梦到采辉阁里搭着戏台子,君柯唱着折子戏,婉彬与大嫂坐在台下巧笑嫣然,还有父亲、母亲、大哥,还有悦行、子沛,唯独第一次没有梦见你。

常忆起,别离时你未曾相送。

我用等待的十数年时光,植了一亩兰,也用等待十数年的时光,给你写了这九百封信。那些兰开在兰圃中,这些信藏在箱子里,我梦想着有一天,能站在你面前,把信一一读给你听。

如今终能如愿了,可我又有点害怕了,不知这一切是真的,还是我的一个梦?

人生,或许便是一场梦而已。

日本的樱花极盛,春日里幽香艳丽,绚烂如雪,它们来自于中国,根植在这个岛屿。而我,却不能与它们一样,在此安然度日。我年复一年日复一日地渴望回到生我之地。我想念馨园的兰,想与你们一起再游灵溪,我想念埔河边那些美丽悲伤的歌声,也想念五槐门树荫下琼花的香气……

　　昭忾,过去的那些我们所失去的,会一直存在我的记忆里,永难忘记。我想,那些悲伤与美好,也一定会存在你的记忆里吧。

勉童先生的卷尾寄语

  沈府的故事，如同过去的每一个家族一样，在时光的沙漏中总会渐渐消逝。父亲母亲、大哥大嫂、婉榕、婉彬、悦行、子沛，还有春晓、沈通……他们每一个人都好似还在我的身边，沈家大院好似还像以前那样热闹，但是我知道，一切都不复存在了。然而，令人欣慰的是，我与昭忟能相守在怅惘又温暖的日子里。怅惘的，是那些过去了便抓不住的时光；温暖的，是我们心中彼此的爱。

  爱，或许便是永恒，在这个属于我们的世界里，花开锦年。

图书在版编目（CIP）数据

花开锦年 ／ 宁芷祺著. —济南：山东画报出版社，2016.11
　ISBN 978-7-5474-1976-2

　Ⅰ.①花… Ⅱ.①宁… Ⅲ.①中篇小说-中国-当代 Ⅳ.①I247.5

中国版本图书馆CIP数据核字（2016）第185390号

责任编辑	刘　丛
装帧设计	宋晓明
主管部门	山东出版传媒股份有限公司
出版发行	山东画报出版社
	社　址　济南市经九路胜利大街39号　邮编 250001
	电　话　总编室（0531）82098470
	市场部（0531）82098479　82098476（传真）
	网　址　http://www.hbcbs.com.cn
	电子信箱　hbcb@sdpress.com.cn
印　刷	山东临沂新华印刷物流集团
规　格	148毫米×210毫米
	8.25印张　37幅图　160千字
版　次	2016年11月第1版
印　次	2016年11月第1次印刷
印　数	1—5000
定　价	38.00元

如有印装质量问题，请与出版社总编室联系调换。